생각의 말들

생각의 말들

삶의 격을 높이는 단단한 사유를 위하여

일러두기

여기 인용한 모든 말들은 되도록 출전을 정확히 밝히고자 하였으며,
목록은 이 책의 뒷부분에 정리했다. 다만, 토머스 에디슨의
말[003]과 맬컴 포브스의 말[074]은 정확한 출전을 확인하지
못했다. 아마도 여러 사람과의 대화나 강연에서 즉흥적으로 발화된
나머지 그가 한 말이라는 것은 확인되지만 문헌상 출처가 정확히
남아 있지 않아서 그리된 것으로 보인다.

—

원문이 영어나 불어인 경우, 모두 글쓴이가 직접 옮겼다. 다만
드니 디드로의 『라모의 조카』에서 따온 말[029]은 '논다니'라는
표현이 인상적이어서 그렇게 옮긴 황현산의 번역문을 사용했다.

—

영어와 불어를 제외한 다른 외국어의 경우, 해당 텍스트의
영어 번역본이나 불어 번역본을 참조하여 글쓴이가 새롭게 옮겼다.
물론 우리말 번역본이 있을 경우, 우리말 번역본도 참조했다.
알렉산드르 게르첸의 작품에서 인용한 문장[075]은 영역본
『Who is to Blame』을 보고 번역했지만, 출처 문헌 목록엔 한국어
번역본 『누구의 죄인가』를 올렸다. 영역본의 서지사항을 정확히
확인할 길이 없어 우리말 번역본 서지사항으로 대신했다.

—

정극인의 「상춘곡」에서 따온 문장[089]은 국어 교과서의 것을
그대로 싣되, 옛 표기법만 현대의 것으로 바꿨다.

—

[ ] 안의 숫자는 『생각의 말들』에서 부여한 문장 번호다.

무엇을, 어떻게 생각하며 살아갈 것인가

1

오래전 까까머리 학창 시절, 영민했던 한 친구가 이런 우스갯말로 익살부리던 기억이 아직도 생생하다. "생각하면 생각나는 게 생각이므로 부러 생각하지 않는 게 좋은 생각이라고 나는 생각한다." 지금 와 돌이켜 보면 생각에 대한 재치 있는 풍자다. 이처럼 생각은 뱅뱅 맴돌기를 좋아한다. 우리는 생각이라는 것을 할 때 앞으로 나아가지 않고 한없이 제자리를 맴돈다. 하루 한때, 한 시절, 심지어 한 인생마저 송두리째 맴도는 생각에 갖다 바치기도 한다.

이런 맴돌이도 스스로 생각의 갈피를 잡지 못하는 것에 비하면 그나마 낫다. 생각은 공기처럼 흔하고 익숙하여 우리는 그 귀함을 잘 모른다. 간혹 바보처럼 제 입과 코를 막고서야 공기 귀한 줄 아나 생각의 귀함은 몸소 알아차릴 길이 없다. 그러다 보니 생각을 이만저만 함부로 부리는 게 아니다. 아니, 주객이 전도되어 줏대 없는 생각이 멋대로 나를 부리게 내버려 둔다. 그리하여 다른 이의 생각이 내 생각의 고삐를 부여잡고 내 영혼의 들판을 마구 휘젓고 다닌다.

흔하다고 함부로 부리는 게 생각이지만, 생각은 신비롭고 우리가 그런 능력을 갖추고 태어났다는 사실은 경이롭다. 생각하는 능력이 인간에게 가져다준 가장 위대한 선물은 문명文明, 글로 환히 밝힌 세상이다. 인류는 글자를 만들고 글을 쓰고 읽으면서 문명을 일궜는데, 글을 쓰고 읽는 행위의 토대가 바로 생각이다. 따라서 문명이란 생각이 글 심지를 돋우어 환히 밝힌 세상이다.

발달심리학자 장 피아제는 "글을 쓰지 않고서는 생각할 수 없다"라고 말했다. 인류가 고도로 정교한 생각을 할 때는 글을 쓸 때와 읽을 때라는 의미다. 그러나 글을 쓰고 읽는 게 보통 일이 아니듯 생각은 몹시 수고로운 일이다. 우리는 귀한 줄 몰라서 생각을 함부로 하지만, 그 수고로움을 꺼린 나머지 함부로 생각하기도 한다. 다른 사람의 생각에 휘둘리거나 허술하기 짝이 없는 생각을 한다는 것은 호모 사피엔스의 격을 저버리는 일이며, 문명의 발길을 붙잡는 일이다.

그렇다면 줏대 있는 생각이란 무엇일까? 자신에게 주어진 삶을 감당하는 것이, 아니 감당하고자 하는 것이 줏대 있는 생각이 아닐까? 태어나서 생명을 부여받는 것은 누구나 똑같은데, 어떤 삶을 어떻게 살아갈지 고민하고 실천하는 역량에 따라 사람의 삶은 갈린다. 생각도 그러하다. 무엇을, 어떻게 생각하느냐에 따라 사람의 격과 삶의 격이 천 갈래, 만 갈래 갈린다. 결국 어떤 삶을 어떻게 살아가느냐의 문제는 무엇을, 어떻게 생각하며 사느냐의 문제로 귀결된다. 『생각의 말들』은 '생각'이라는 표현이 들어간 말들 가운데 생각에 대한 생각을 다시 곰곰이 생각게 하는 100편의 말들을 가려 모은 것이나, 속내는 생각에 줏대가 있던 사람들이 무엇을 생각했고, 어떻게 생각했는가를 돌아보고 헤아리는 것이다.

2

『생각의 말들』을 준비하며 나는 기억을 더듬으며 읽은 책에서 생각의 문장을 찾아 뽑기도 하고, 어디선가 생각에 관한 말들을 보고 그것이 실린 책을 찾아 읽기도 했다. 일로든 재미로든 책을 늘 가까이하는 사람으로 그간 책을 읽는 명분과 이유는 참 많았지만, '생각'이라는 낱말이 들어간 문장과 그 문장이 놓여 있는 문맥을 헤아리기 위해 책을 새로 읽거나 다시 읽기는 처음이었다. 이렇게 책을 읽고 새기는 일은 의외로 쏠쏠했다.

모티머 J. 애들러와 찰스 반 도렌이 쓴 『독서의 기술』에는 '통합 주제적syntopical 독서'라는 요령이 등장한다. 통합 주제적 독서는 이 책에서 말하는 최고 수준의 독서 기술로, 한 가지 주제를 정하고 그것을 중심으로 여러 다양한 책을 섭렵하는 것이다. 책 한 권이 다른 책과 더불어 더 큰 열린 우주를 만들어 내며 통합적 주제가 각각의 우주를 잇는 고리 역할을 한다. 여기 모은 100편의 말들도 그렇다. 저마다 독립된 우주이지만, 흩어진 점에 그치지 않고 하나로 이어져 더 큰 열린 우주를 만들어 낸다. 그리고 이 말들을 하나로 잇는 고리가 바로 '생각'이다.

여기에 내 말, 아니 내 생각까지 더했다. 덧댄 내 생각이 그

고리를 더 단단히 죌지, 아니면 오히려 헐겁게 할지는 잘 모르겠다. 때론 말의 맥락을 설명하는 주해의 형식으로, 때론 맥락과 상관없이 그 말로 촉발된 상념을 자유로이 적어 내려가는 식으로 내 말을 더했다. 객관적 주해든 주관적 인상이든 덧붙여진 내 말은 '나는 이렇게 읽고 생각합니다'의 의미, 그 이상도 이하도 아니다. 굳이 이를 두고 해석이라 한다면, 그것은 단 하나의 해석이 아니라 여러 해석 가운데 하나일 뿐이다.

끝으로 생각에 관한 말들을 모아 놓고서 크게 저어하는 바가 있다면, 그건 바로 클리셰cliché로의 전락이다. 클리셰는 껍데기만 남고 의미의 알맹이가 사라진 상투적 표현이다. 흔히 명언이라 불리는, 아무리 듣기 좋은 말도 우리가 그것으로부터 비판적 사고를 끌어낼 수 없다면 그건 값싼 상투어에 불과하다. 하물며 다른 말도 아닌 생각의 말들을 모아 놓았을진대, 그에 대해 별생각이 없거나 하나의 생각에 고착된다면 이보다 더한 클리셰의 폐해는 없다. 따라서 생각에 관한 문장이 가진 단순명쾌한 겉멋에 취해 생각을 단순화하거나 일반화하지 않는다면, 100편의 말들 하나하나는 그 심층으로부터 언제나 새롭고 풍요로운 의미를 한결같이 길어 올릴 수 있는 마르지 않는 샘이 될 수도 있을 것이다.

사람들은 생각하는 것을
좋아하지 않습니다. 생각을 하면
어떤 결론에 이를 텐데,
그 결론이 늘 달가울 리는
없기 때문이지요.

헬런 켈러

001

여자가 고등교육을 받는 일이 흔하지 않던 시절, 듣지도 보지도 못하는 헬렌 켈러는 래드클리프대학에 들어갔고 우수한 성적으로 졸업했다. 1904년에 대학을 졸업한 그는 자신의 삶과 장애에 관한 연설과 강연을 하러 다니는 한편, 장애를 가진 사회 곳곳의 어려운 사람을 만나 그들의 얘기를 들었다. 그러다 1909년에 미국 사회당에 입당하였다. 자신이 가진 장애에서 나아가 이제 세상이 안고 있는 장애를 극복하는 데 보탬이 되고자 본격적으로 나선 것이다.

그나마 자신은 좋은 환경에서 아낌없는 지원을 받으며 장애를 극복할 수 있었지만 그가 만난 수많은 시각 장애인은 그럴 형편과 사정이 되지 않았다. 그들이 사고와 질병에 쉽게 노출되고 필요할 때 적절한 치료를 받지 못하여 돌이킬 수 없는 후유증을 겪는 것은 대부분 열악한 환경 때문이었다.

그런데 그는 환경을 바꾸는 것도 중요하지만 장애를 가진 노동자와 빈민층 자신의 철저한 각성도 중요하다고 보았다. 그들의 생각하는 능력은 어린아이의 그것에 머물러 있는 데다 정신은 기계장치나 다름없었기 때문이다. 그런 정신과 사고 능력으로는 자신이 겪고 있는 어려움과 자신이 처한 불합리한 환경을 극복하고 바꿀 수 없었다.

오랫동안 노예 신분이었던 사람이 갑자기 주어진 자유에 당황하듯, 그들은 스스로 생각하기를 낯설어하고 두려워했다. 일단 스스로 생각할 줄 알고 사회 모순을 이성적으로 바라볼 수 있어야 자신이 처한 모순에서 벗어날 수 있을 텐데, 그들은 생각 그 자체에 지레 겁을 먹었던 것이다.

사유의 부재가 우매를 의미하진 않는다. 대단히 지성적인 사람들도 사유를 하지 않는다. 그리고 사악한 마음이 우매에서 비롯되는 것도 아니다. 그것은 사유의 부재에서 기인한다.

한나 아렌트

002

2차 세계대전 당시, 유럽의 유대인을 매우 효율적이고 체계적으로 죽음의 수용소로 압송하는 데 놀라운 수완을 발휘한 나치 친위대 장교 아돌프 아이히만은 전후에 용케 도망을 쳤다. 전범 수용소를 탈출해 이탈리아를 거쳐 아르헨티나까지 도망친 뒤 거기서 10여 년간 신분을 숨기고 살았다. 이스라엘 정보기관 모사드는 전쟁이 끝나고도 15년이나 지난 1960년, 끈질긴 추적 끝에 아르헨티나에 숨어 있는 그를 찾아내어 기어이 이스라엘 전범 재판정에 세웠다.

이 역사적 재판을 참관하면서 철학자 한나 아렌트는 잔혹한 대학살을 일선에서 지휘한 사람이라면 사악한 괴물 같은 존재가 아닐까 생각했다. 그러나 상부의 지시로 어쩔 수 없이 그랬다고 변명하는 아이히만을 보면서 한나 아렌트는 충격을 받았다. 아이히만이 주변에서 흔하게 볼 수 있는 너무도 평범한 사람의 모습을 하고 있었기 때문이다. 이 충격으로부터 한나 아렌트는 저 유명한 '악의 평범성'이라는 통찰을 이끌어 냈다.

어떻게 저토록 평범한 모습을 한 사람이 그토록 무도한 악행을 저지를 수 있었을까. 아렌트는 그 까닭을 '사유의 부재', 즉 '생각 없음'에서 찾았다. 그는 '사유하지 않는 삶'을 사는 사람은 누구든지 특정한 환경에서 악을 범할 수 있다고 보았다. 심리학자 스탠리 밀그램은 타고난 악인이 아니더라도 잔인무도한 악행을 내면의 큰 갈등 없이 저지를 수 있다는 것을 실험으로 입증하기도 했다.

결국 인간의 악행은 선한 생각이 아닌 악한 생각을 먼저 품고 그에 따라 행동한 결과가 아니다. 오히려 사유의 부재, 생각의 무능 때문이다.

사람들 가운데 5퍼센트는
생각하고, 10퍼센트는
그들이 생각한 것을 생각하고,
나머지 85퍼센트는 그저
살다 죽을 뿐.

토머스 에디슨

에디슨은 말을 할 때, 종종 통계 수치를 동원하여 일반화하곤 했다. "천재는 1퍼센트의 영감과 99퍼센트의 땀으로 이루어진다"라든가 "우리는 세상 어떤 것이든 그에 대해 1억분의 1도 모른다"라든가.

이처럼 통계 수치를 사용하면 얼핏 과학적 근거가 있는 말처럼 들리지만 이 수치가 어떤 과학적 근거를 가지고 있는 건 아니다. 수치는 강조의 의미를 담고자 채용된 수사적 표현에 불과하다. 스스로 생각할 수 있는 이는 얼마 되지 않는다는 사실, 남의 것일망정 생각이라는 것을 하려고 하는 이조차 그리 많지 않다는 사실 그리고 거의 모든 이가 생각이란 것을 제대로 하지 않는다는 사실을 사람들에게 좀 더 생생히 전하기 위한 도구일 뿐이다.

그런데 에디슨이 했다는 저 말은 그가 언제 어디서 한 말인지 알 수가 없다. 비슷한 맥락의 말을 한 기록과 에디슨이 저 말을 했다며 다른 이가 언급한 기록은 있지만, 에디슨이 정확히 어디서 저 말을 했는지에 관한 기록은 없다. 심지어 수치를 조금 바꿔서 저 말을 극작가 조지 버나드 쇼가 했다는 주장도 나오는 판이다.

명언 명구를 훑다 보면 이처럼 여럿이 비슷한 말을 한 경우가 종종 있다. 우연히 서로 비슷한 생각을 해서 그럴 수도 있고, 말이 회자되는 과정에서 조금씩 변형되다 서로 자기 말처럼 되어서 그럴 수도 있다. 이런 현상을 에디슨의 저 말에 빗대어 본다면, 전자는 스스로 생각할 줄 아는 5퍼센트의 사례라 할 수 있으며, 후자는 그들이 생각한 것을 다시 생각할 줄 아는 10퍼센트의 사례라 할 수 있다. 어느 쪽이든 그들은 그저 살다 죽을, 85퍼센트의 사례는 아니라는 것이다.

생각의 수고를 피하려고
사람들이 부리지 않는 꾀란
없습니다.

조슈아 레이놀즈

004

영국 왕립 예술 아카데미의 설립자이자 학장인 화가 조슈아 레이놀즈는 예술 아카데미 학생들에게 상장을 수여하는 자리에서 이렇게 말했다.

"어떤 도덕적 행위를 할 때와 마찬가지로 예술 활동을 할 때도 우리가 감시의 눈초리로 지켜봐야 하는 것이 있는데, 바로 우리의 게으름입니다. (……) 우리가 제대로 정신을 차려야 하는 순간에도 그것은 대충하라고 우리를 유혹합니다. (……) 해도 해도 끝이 없는 조사와 연구에 매달리면서도 우리가 하지 않으려고 버티는 것이 있습니다. 바로 생각이라고 하는 진정한 의미의 노동이지요."

우리는 '생각을 안 한다'라고 하면, 그것을 수동적이며 소극적 행위의 발로라 여기는데 사실 정반대라고 할 수 있다. 일본의 저술가 우치다 다쓰루에 따르면, 어떤 사람이 무지한 것은 단순히 머리가 나쁘거나 배움의 의지가 부족해서만이 아니다. 오히려 그들이 알고 싶어 하지 않기에 무지한 경우가 더 많다. 그들은 "자기가 무엇을 '알고 싶어 하지 않는지'에 대해 생각하는 것을 원치 않는다."

그렇다면 무지는 수동적 결과가 아니라 '알고 싶지 않다'는 적극적 의지의 발로다. '알고 싶지 않다'는 마음가짐을 갖고 한결같이 노력해 온 결과가 바로 무지이며, "무지는 나태의 결과가 아니라 근면의 성과"다. 레이놀즈의 말처럼 생각의 수고를 피하고자 갖은 꾀를 부린다는 게 그리 해괴한 일은 아닌 것이다.

다 의심하거나 다 믿어
버리는 것, 이는 둘 다 아주
손쉬운 해결책이다.
어느 쪽이든 생각하는 수고를
덜어 줄 테니 말이다.

앙리 푸앵카레

뇌과학자 마커스 라이크에 따르면 인간이 두뇌 활동으로 사용하는 에너지는 전체의 20-25퍼센트 정도 된다. 어떤 이의 하루 평균 에너지 소모량이 2500킬로칼로리라고 하면, 그는 500-625킬로칼로리의 에너지를 생각하는 데 사용하는 것이다. 여기에 더하여 어떤 복잡한 일을 궁리하거나 예술 창작 등에 몰두한다면 이보다 더 많은 에너지가 소비된다.

이렇듯 생각은 적지 않은 에너지가 쓰이는 몹시 수고로운 일이다. 이 수고를 기꺼워하는 이는 당연히 드물다. 하지만 생각의 수고를 피하려고 하면 할수록 더 뚜렷해지는 건 흑백의 경계일 뿐이다. 어떤 사안이든 두루 싸잡아 단정하면 명쾌한 결론에 이르렀다며 좋아할 사람들은 있겠지만 말이다.

수학자 푸앵카레는 『과학과 가설』이라는 책을 쓰면서 그간 사람들이 당연히 여기던 '과학의 확실성'을 다시 한 번 따져 본다. 그동안 "피상적으로 사물을 바라보는 이들은 과학적 진리란 한 점의 의혹도 없는 것"이며 "과학적 논리엔 오류가 있을 수 없다"라는 입장을 가지고 있었는데, 과연 그러하냐는 것이다. 이 문제를 다루면서, 푸앵카레는 타당한 근거를 찾을 수 있을 때까지는 전적으로 다 확실하다거나 전적으로 다 의심스럽다는 식의 태도를 지양하고자 한다.

가설과 증명을 통해 어느 정도 진리의 기준을 확보할 수 있는 과학적 사실에 대해서도 이렇게 조심스러울진대, 그 기준이 애매한 일상의 가치 판단에서 우리는 자칫 더 피상적이 되며 그로부터 무모한 단정도 서슴지 않는다. 이와 같은 맹목적 믿음이나 극단적 냉소는 애써 생각하지 않는 이들이 끝내 처할 수밖에 없는 태도다. 그리고 그 폐해가 생각을 하지 않으려는 그 한 사람에게만 국한될 리 없다.

모두가 비슷한 생각을
하는 곳에선 사람들이 생각을
많이 하지 않는다.

월터 리프먼

006

유럽에서 1차 세계대전이 막 일어났을 때, 현대 저널리즘의 아버지라 불리는 월터 리프먼은 『외교의 주재자』라는 책을 통해 어떻게 하면 이 세계가 좀 더 평화롭고 안전하며 민주적이 될 수 있는가를 피력했다. 무엇보다 그는 외교 측면에서 세계 평화를 위한 국가 간 상호 이해와 호혜를 강조했다. 그러나 교통과 통신의 발달로 세계가 그 어느 때보다 가까워졌음에도, 서로를 이해할 수 있는 여건은 아직 그만큼 무르익지 않았다.

게다가 국가마다 민주주의 수준이 천차만별이라 당장 여러 국가가 외교 무대를 통해 이성적 합의를 끌어내기도 어려운 상황이었다. 같은 말과 관습을 가진 한 나라 안에서도 의견이 분분하여 합의를 끌어내기 어려운 마당에(물론 독재 국가와 왕정 국가 같은 곳에서는 합의된 민의라는 것조차 존재하지 않는다) 국경 너머 서로 다른 언어와 관습을 가진 나라들이 협의를 벌인다는 것은 거의 불가능한 일처럼 보였던 것이다.

그런데 리프먼은 다름이라는 사실 자체보다 다름에 대한 사람들의 태도에 문제가 있다고 보았다. 다름을 적대의 눈이 아닌 관용의 눈으로 볼 수 있으려면 무엇보다 다름에 대한 피상적 사고에서 벗어나야 했다. 그 근거로 그는 일찍이 여행과 교역을 통해 이방인이 빈번히 드나드는 가운데 문명이 발달했던 역사를 예로 들었다. 차이와 다름을 거부하고 고만고만한 생각을 하는 사람끼리만 모여 바깥으로 나오지 않았다면, 문명은 자신이 가진 생각의 폭과 깊이를 재고할 기회를 갖지 못한 채 발전은커녕 쇠퇴할 수밖에 없었으리라는 것이다.

"진공 상태에서는 생각을 할 수 없으며, 비슷비슷한 것으로부터는 새로운 생각을 낼 수 없다."

이리하여 생각하는 사람이 아닌
책벌레가 생겨나고.

랄프 왈도 에머슨

007

1837년, 에머슨이 학기 초에 열리는 하버드대학 파이 베타 카파 모임의 연사로 초대되었다. 이 강연의 제목은 "미국의 학자"였다. 그는 이 자리에서 학자로서의 본분을 지키기 위해 학교에서 연마해야 할 것에 대해 말한다. 여기서 그가 말하는 학자란 미국의 최고 엘리트가 모인 하버드의 학생들만이 아니라, "사람은 누구나 학생"이라는 그의 말마따나 모든 이를 가리켰다. 따라서 그에 의하면 학자란 모름지기 '생각하는 사람'이어야 한다.

에머슨은 '생각하는 사람'에 대해 특별한 정의를 내린다. 일단 '생각하는 사람'이 되는 데 필요한 첫째는 자연의 감화요, 둘째는 과거의 마음이요, 셋째는 행동력이다. 이 가운데 '과거의 마음'은 주로 책을 통해 얻는 것이다. 책이 과거의 마음으로 사람에게 영감을 주기 위한 도구라면 이보다 귀한 것은 드물다. 그러나 자칫 "영웅을 사랑하는 마음이 타락하여 그 우상을 숭배하게 되는 것처럼" 책을 물신으로 받들게 되면 책보다 해로운 것은 없게 된다. 모름지기 "생각하는 사람이라면 자신의 도구에 불과한 것에 굴복하면 안 된다"라고 에머슨은 말한다.

그가 이 두 번째 부분을 강조하는 이유는 얘기를 듣는 이들이 미국의 미래를 이끌고 나갈 학자이기 때문이다. 과거의 마음을 가지고 어떻게 미래를 준비하겠는가. 오늘날 유럽이 정체돼 있는 것은 유럽의 학자들이 오래전부터 과거에만 머물러 있는 탓이다.

이와 더불어 그는 행동력에 대해 "행동이 없으면 생각은 결코 성숙하여 진리가 되지 못한다"라고 말한다. 책벌레에 머물게 되면, "사상이 무의식에서 의식으로 통하는 과정"이 행동이라는 것을 알 수 없기 때문이다.

자신의 마음이 가는 것에 대해
생각하고, 자신이 생각하는 것을
말할 수 있다는 것은 이 시대에
얼마나 드문 행운인가.

타키투스

008

타키투스가 『타키투스의 역사』를 집필한 시기는 서기 100년에서 110년 사이인데, 이 시기는 네르바 황제와 그 뒤를 이은 트라야누스 황제의 통치기다. 네르바 황제야 재위 기간이 1년 반밖에 되지 않아 업적을 따지는 일이 큰 의미는 없으나 그럼에도 다음 황제로 오르게 될 트라야누스를 양자로 삼은 것은 그의 업적이라면 업적이다. 어쨌든 트라야누스는 훗날 로마 오현제 가운데 한 사람으로 꼽힐 만큼 로마제국을 훌륭히 다스렸다.

타키투스는 이 책을 시작하면서 저 앞의 말을 꺼낸다. 현 권력에 치사의 글을 올리느라 관례적으로 말한 부분도 있겠지만, 네르바 황제 이전의 로마에서는 이런 책을 쓸 수 없었기에 진심을 담은 것일 수도 있다. 그가 『타키투스의 역사』에서 다루는 시기는 폭군 네로가 죽고 내전과 환란으로 점철된 시기로 당대에는 감히 정치와 역사에 대해 입도 벙긋하기 어려웠다. 30년도 채 안 되는 이 시기에 무려 여섯 명의 황제가 등장했다 사라졌으며 69년 한 해에만 네 명의 황제가 등장했다. 그리고 둘을 제외하곤 제명을 다한 이도 없었다.

이에 타키투스는 제 마음이 가는 것에 대해 생각하고, 그 생각을 말할 수 있는 시대를 맞은 데 대한 벅찬 소회를 앞부분에서 밝히지 않을 수 없었다. 그럼에도 그는 자유로이 말할 수 있는 시대가 되었다고 모든 악습과 폐해를 이전 세대에 모두 전가하려는 것 또한 경계해야 한다고 말한다. 통치자에게 아첨하거나 입발림 소리를 하는 역사서도 문제지만, 비판이라는 이름 아래 비난과 증오로 점철하는 역사서도 못지않게 문제라는 것이다. 언론의 자유를 틀어막는 것도 역사를 왜곡하는 일이지만, 그 주어진 자유를 주체하지 못하고 방종하는 것 또한 역사를 왜곡하는 일이기 때문이다.

우리 인간에게 '생각하느냐
생각하지 않느냐'의 문제는 곧
'사느냐 죽느냐'의 문제입니다.

에인 랜드

009

『아틀라스』는 오늘날 신자유주의의 대표적인 이데올로그라 평가받는 에인 랜드가 쓴 소설이다. 이 작품 속에서 에인 랜드는 '객관주의'라고 하는 자신의 신념을 형상화한다. 그의 객관주의에 따르면 인간은 논리를 바탕으로 합리적 지식을 습득하는 이성적 존재이며 자신의 행복을 최우선으로 하는 윤리적 이기주의자다.

우선 이 책은 기존 세상을 지배하는 이타주의 도덕관을 비판한다. 도덕에는 '생명의 도덕'과 '죽음의 도덕'이 있는데, 이타주의가 죽음의 도덕에 속한다는 것이다. 죽음의 도덕은 기본적으로 인간을 악하다고 보기 때문에 이기주의를 죄악시하고 이타주의를 미덕으로 여긴다. 그러나 이타주의는 사람을 쉽게 죄책감에 빠지게 하고 그 보상을 현세가 아닌 내세에서 헛되이 구하게 만든다.

반면, 생명의 도덕은 인간이 이성을 가지고 논리적 추론을 통해 존재를 인식하고 현실을 파악할 수 있다는 것에 바탕을 둔다. 이 생명의 도덕에서 가장 중요하게 여기는 인간의 미덕은 연민 같은 감정이 아니라 바로 '생각'이다. 왜냐하면 인간의 정신은 생존을 위한 기본 도구이기 때문이다. 그뿐 아니라 생각을 할 수 있을 때, 인간은 비로소 자신의 가치를 제대로 실현할 수 있기 때문이다.

아리스토텔레스 이래 '어떻게 살 것인가'라는 문제가 종종 윤리적 명제로 치환되곤 했다. 그런데 에인 랜드가 보기에 이런 윤리는 추상적 선善의 이념을 중시한 나머지 현실의 삶을 간과한 죽음의 도덕에 불과했다. 그래서 그는 '생명의 도덕'이라는 이름으로 현실적이며 구체적인 도덕을 제시하였지만, 그 생명의 범주를 지나치게 좁게 한정한 점은 논란의 여지가 있었다.

실로 얼마나 왜소한 생각이
한 사람의 온 삶을 채우는지!

루트비히 비트겐슈타인

010

김수영의 시 가운데 "왜 나는 조그마한 일에만 분개하는가"로 시작하는 시가 있다. 밥값을 비싸게 받으면서 형편없는 밥상을 올리는 식당 여주인과 푼돈을 걷으러 귀찮게 자꾸 찾아오는 야경꾼은 사정없이 욕하고 증오하면서 언론 자유를 탄압하고 잘못된 정책을 펴는 것에는 아무 소리도 못 하는 자신을 힐책하는 내용의 시다. 그 시는 이렇게 마무리된다.

"모래야 나는 얼마큼 적으냐 / 바람아 먼지야 풀아 나는 얼마큼 적으냐 / 정말 얼마큼 적으냐······"

생각에 있어서도 우리는 참으로 작은 것 같다. 생각이 없거나 생각을 하지 않는 것은 차라리 드문데, 생각이 작은 것은 흔해 보인다. 그리고 생각이 없거나 생각을 하지 않아서 생기는 폐해보다 생각이 얕고 잘아서 생기는 폐해가 더 크지 싶다. 그런데 왜 우리의 생각은 작을까?

비트겐슈타인에 따르면 우리 모두는 감옥에 갇힌 죄수 신세인데, 그 감옥이란 자신만의 감각과 사고방식이라는 울타리가 둘러쳐진 감옥이다. 그 감옥 안에서 자신만의 감각과 사고방식은 쉽게 바뀌지 않으며 누가 바꿔 줄 수도 없다. 갇힌 울타리 안의 사고방식이란 더 넓어지거나 더 깊어지거나 혹은 더 새로워질 여지가 거의 없는 것이다. 기존의 것을 우려먹을 대로 우려먹다 끝내 시들어 말라비틀어진 찌꺼기만 남길 뿐이다.

작은 생각을 해서 생각이 작은 게 아니다. 처음부터 큰 생각도 새로운 자극을 꾸준히 받지 못하면 옹졸히 졸아든다. 꾸준히 운동하지 않으면 육신의 기력이 쇠하듯, 생각이라는 활동도 꾸준히 해 주지 않으면 정신의 기력이 쇠할 수밖에 없다. 육체든 정신이든 가만두면 퇴행하는 게 우리 인간의 기본값일 테니.

제가 생각 같은 걸 안 하는 거
잘 아시잖아요. 그러기엔
제 머리가 너무 좋거든요.

.

알베르 카뮈

011

역사상 칼리굴라는 로마의 폭군 가운데 한 명이다. 처음부터 폭군은 아니었으나 연인이자 누이였던 드루실라의 갑작스러운 죽음 뒤 돌변했다고 전해진다. 알베르 카뮈는 칼리굴라가 그렇게 바뀌었다고 하는 시점부터 그가 비극적 최후를 맞이하는 순간까지를 희곡 『칼리굴라』의 배경으로 삼았다.

갑자기 이상해진 황제의 행동에 주변 사람이 수군댈 때, 황제도 눈치는 있었던지라 시종 헬리콘에게 물었다. "너는 내가 미쳤다고 생각하느냐?" 이에 헬리콘의 대답이 인용문의 말이다. 황제 앞에서 시종이 하는 말치곤 상당히 건방지고 냉소적이다.

우리는 카뮈와 부조리 철학을 따로 떼어서 생각할 수 없으며, 이는 그의 문학 작품을 바라볼 때도 마찬가지다. 카뮈가 바라보는 부조리한 세계에서 생각을 한다는 것은 도저히 알 수도 없고 이해할 수도 없는 부조리의 늪에 빠지는 일이다. 생각이라는 것 자체가 부조리한 세상을 조리에 맞게 이해하려는 허무하면서도 부조리한 행위이기 때문이다.

본래부터 인간과 세계가 부조리한 것은 아니다. 우리 인간이 어쭙잖게 그 존재의 의미와 목적 같은 것을 생각하려고 들 때, 인간과 세계는 부조리해진다. 가령 인간은 왜 이런지, 세상은 왜 이렇게 돌아가는지 이해하려고 든다? 헬리콘에 따르면 그건 머리가 아주 나쁜 이나 할 행동이다.

그러나 카뮈의 부조리 철학은 거기서 멈추지 않는다. 그가 말하는 "반항적 인간"은 부조리 앞에서 '생각하는 능력'을 포기하지 않기 때문이다. 오히려 그럴수록 세계를 이해하기 위해 더 노력하며 삶에 더 충실히 임하려 든다. 끊임없이 다시 굴러 내려오는 돌을 매일 산 정상까지 밀고 올라가야 하는 시시포스처럼 말이다.

그는 모자를 쓰지 않으면
생각할 수 없디니까.

사무엘 베케트

012

처음부터 그럴 의도로 쓴 것은 아니지만 희곡 『고도를 기다리며』는 부조리극의 대명사가 되었다. 부조리극답게 이 작품의 등장인물은 하나같이 말도 조리가 없거니와 생각도 조리가 없다.

정체를 알 수 없는 고도라는 인물을 기다리는 에스트라공과 블라디미르 앞에 상인 포조와 그의 하인 럭키가 등장한다. 서로 자기 말만 하는 기묘한 대화를 나누다가 포조가 사례를 한답시고 하인의 재주를 보여 주겠다고 하는데, 그 재주란 것이 춤, 노래, 시 낭송 그리고 생각이다. 이들에게 생각이란 곡마단 원숭이가 부리는 재주 그 이상도 이하도 아니었던 것이다. 게다가 생각이라는 재주를 부리려면 모자를 꼭 써야 한단다.

모자를 쓰자마자 럭키가 마치 독백을 하듯 '소리를 내며' 생각이라는 재주를 부리기 시작한다. 생각은 걷잡을 수 없이 쏟아진다. 작품 전체에서 가장 긴 대사인 럭키의 생각은 쉼표도 없이 이어지며 그칠 기미가 없다. 듣다 못한 사람들이 그만하라고 말려도 소용없자 블라디미르가 달려들어 모자를 벗겨 내니 그제야 생각의 소리가 멈추고 럭키는 탈진한 듯 쓰러진다.

이런 소동에 포조는 더는 생각을 못하게 하겠다며 아예 모자를 짓밟아 버리고, 블라디미르는 그 안에 무슨 생각이 들어 있기라도 한 것처럼 벗겨 낸 럭키의 모자 안을 들여다본다. 머리에 얹는 모자라는 상징물을 가지고 생각이라는 행위를 나타내는 것부터 부조리하기 짝이 없다.

럭키는 모자를 쓰면 그제야 프로그램이라도 입력된 듯이 생각이라는 행위를 하지만, 행위만 있을 뿐 그 안을 채우는 내용이 없다. 거기엔 성찰도 사색도 없으며 공상도 몽상도 없다. 말은 있는데 말이 없고, 생각은 있는데 생각이 없다면 인간에게 이보다 더 부조리한 상황이 어디 있을까.

그들이 머리를 굴려서
하는 일이라곤 다른 사람의
생각을 알아내어 자신도
그렇게 생각하는 것이다.

커트 보니것

013

미국의 소설가 커트 보니것은 『챔피온들의 아침식사』라는 작품에서 현대 미국 사회의 문제, 특히 비인간적인 사회경제적 현실을 비판한다. 그리고 그런 사회 안에서 인간이 거대한 기계 장치 속의 작은 부속과 같은 존재로 전락했다고 본다. 한때 백인을 위한 흑인 노예가 있었다면, 지금은 기계를 위한 인간 노예가 존재한다는 것이다.

기계 문명이 인류를 압도하기 시작한 이래, 이제 인간은 생존 그 자체를 위해서라도 스스로 기계가 되거나 그 노예가 되어야 하는 시대를 맞았다. 그런 시대에서 인간이 가진 가장 거추장스러운 능력은 생각이다. 엄밀히 말해, 부담스럽고 거추장스러운 것은 생각 그 자체라기보다 생각이 갖고 있는 분방과 독창성이다.

보니것은 도시 근교 주택 단지에 모여 사는 미국 중산층 여자를 다음과 같이 묘사하기도 한다.

"(그곳에 사는) 여인들은 다 큰 영장류이므로 풍요로운 정신의 소유자라 할 수 있다. 그런데 남과 다른 생각을 하면 적을 만들 수 있다는 이유로 그 정신을 활용하려 들지 않는다. 오늘도 무사히 넘어가기 위해 가능한 누구와도 척을 지려 하지 않는 것이다."

이런 식으로 퇴행적 진화가 계속되면 먼 훗날 생각하는 능력이 인류에게서 영원히 사라질 수도 있다. 하지만 당장은 어쩔 수 없이 갖고 태어난 능력이므로 그것을 최대한 튀지 않도록 관리하는 게 중요하다. 그런데 처음엔 이 관리 과정이 신경을 곤두세우고 집중해야 하는 몹시 수고스러운 것이었으나, 인터넷, 모바일 기기, 빅데이터, 알고리즘 따위가 발달한 요즘엔 그 수고를 크게 덜고 있다. IT 기술이 알아서 다른 사람의 생각을 찾아 그 생각의 결에 내 생각을 맞춰 주고 있기 때문이다.

차라리 생각을 하지
않는 것이 더 나았다.

프리모 레비

014

이탈리아의 화학자 프리모 레비는 이탈리아 파시스트 정권에 항거하는 비밀 조직의 일원이자 유대계였던 까닭에 체포되자마자 저 악명 높은 아우슈비츠로 끌려갔다. 나치 친위대는 수용소에 도착한 유대인에게서 인간으로서의 존엄을 하나씩 제거하기 시작했다. 그 행위가 너무도 체계적이라 그런 일사불란한 효율성 앞에 기존의 인간적 통념과 상식은 모두 무너져 내렸다. 유대인은 "더 이상 생각을 할 수도" 없는 지경에 이르렀고, 생각을 할 수 없으니 어떤 말도 조리 있게 할 수 없는 상태가 되었다.

나치는 유대인에게서 인간이라는 부분을 먼저 제거해 놓아야 나중에 벌레 죽이듯 쉽게 그들을 죽일 수 있다는 것을 잘 알고 있었다. 이와 같은 비인간화 과정은 발가벗기고 머리를 밀어 버리는 육체적인 차원과 절대 복종을 강요하는 정신적인 차원, 양쪽에서 동시에 이루어졌다. 그리고 그들은 질문을 해서도 안 되고 항상 이해한 것처럼 행동해야 했다.

레비에 따르면 아우슈비츠 같은 집단 노동 수용소는 인간의 정신을 거세하는 거대한 기계장치였다. 그 기계장치를 통해 "그들의 얼굴과 눈빛에 생각의 흔적이 전혀 보이지 않는", 인간이 아닌 인간이 재생산되었다. 그들은 생각하지도 않고 욕망하지도 않는 그냥 걸어 다니는 동물일 뿐이었으며, 그들이 뭔가를 생각하는 게 있다면, 오직 배고픔에 대한 것이었다. 처음에 레비는 자신만큼은 정신줄을 잡고 사람들과 최소한의 인간적 유대를 유지하며 인간성을 지키려고 했다. 그러나 그 노력은 이내 수포로 돌아갔다. 인간성을 거세하고 생각을 조직적으로 억압하는 환경에서 생각을 한다는 것은 스스로 가하는 자기 고문이나 다름없었기 때문이다.

우리가 할 일은 사상의 자유를
확보하는 정치 양식의 건립과
국민 교육의 완비다.

한국

015

「나의 소원」에서 김구는 무엇보다 "높고 새로운 문화의 근원"이 되는 나라를 만들기 위해서는 "사상의 자유"를 확보할 수 있는 정치 양식을 설립하고 그에 걸맞은 국민 교육 체계를 갖춰야 한다고 말한다. 그리고 민족주의자답게 민족이 주체로서 먼저 우뚝 서야 한다고 한다. 다른 나라의 식민지나 연방의 형태로 귀속되는 것도 거부하고, 개별 국가를 부인하며 공산주의와 같은 이데올로기로 세계가 하나 된다는 식의 발상도 거부한다.

김구는 스스로 서기 위한 주체성을 민족이라는 틀에서 찾는 것일 뿐이며, 민족 이념이 선민의식을 선양하려거나 타 민족을 업신여기려는 게 아니라고 한다. 그리고 그런 민족은 "남의 절제도 아니 받고 남에게 의지도 아니 하는, 완전한 자주 독립의 나라"를 세워야 하며, "지구상의 인류가 진정한 평화와 복락을 누릴 수 있는 사상을 낳아 그것을 먼저 우리나라에 실현"해야 한다.

이를 실현하기 위한 구체적인 방안을 모색하며 김구는 정치의 차원에서 먼저 "자유의 나라"가 되어야 한다고 강조하는데 그 자유는 방종의 자유가 아닌 국법에 제약을 받는 자유다. 그러나 국가가 개인의 자유를 제약한다 하더라도 그것은 민주적 절차에 의거한 제약이어야 한다. 독재 국가에서는 개인 혹은 특정 집단이 제멋대로 사람들의 자유를 제약한다. 특히 조선의 양반 정치는 사상의 자유를 억압한 독재나 다름없었다. 오로지 주자학파의 유교 이념 하나만 내세워 사람들의 공적인 삶과 사적인 삶을 모두 지배하려고 들었기 때문이다.

따라서 김구가 꿈꾸는 "새 나라"는 정치적으로든 종교적으로든 특정 이데올로기에 의해 지배되지 않는, 사상의 자유를 구가하는 나라다. 그리고 그런 자유의 바탕에서 우리가 힘써 행해야 할 것은 최고의 문화를 세우는 것이다.

사유는 인간에게 고유한 것이다.

안토니오 그람시

016

1926년, 안토니오 그람시는 불법 정당 활동을 했다는 이유로 이탈리아의 무솔리니 파시스트 정권에 징역 20년 형을 선고받고 투옥되었다. 이때 판사가 선고를 내리면서 했던 말은 유명하다.

"앞으로 20년 동안 이자의 두뇌 활동을 금지시켜야 한다."

그러나 감옥에서도 그의 두뇌 활동은 멈추지 않았다. 그는 노트 32권 분량에 3,000여 쪽을 헤아리는 원고를 집필했다. 지병에다 열악한 감옥 환경이 더해져 병으로 세상을 떠날 때까지 10년에 가까운 시간 동안 생각하고 글을 쓰고 동료 죄수와 토론을 하는, 이론과 실천이 병행된 활동을 멈추지 않았다. 20년 동안 두뇌 활동을 금지시켜야 한다는 판사의 선고가 무색하게 그는 감옥에서 오히려 자신의 두뇌 활동을 최대치로 끌어올렸다.

저 인용문도 이렇게 쓰인 『옥중 수고』에서 나온 것이다. 여기서 그는 철학과 철학자의 의미를 다시 짚는다. 흔히 우리는 철학자란 '사유'를 전문적으로 하는 사람이며, 철학은 그런 소수의 전문가가 행하는 추상적인 관념 활동이라고 여긴다. 이런 통념이 널리 퍼진 연유가 있는데, 한때 서구에서 철학자란 주로 대학에서 철학을 가르치는 이를 가리켰으며 이들은 바깥세상과 유리되어 과거의 철학을 논하는 데 전념했기 때문이다.

그러나 그람시는 철학이 "단순히 소수의 전문적 지식인이 벌이는 추상적인 사유 활동이 아니라 모든 이가 참여하는 구체적인 사회 활동"이라고 보고 "모두가 철학자"라고 주장했다. 물론 전문 철학자와 일반인의 차이는 엄연히 존재하지만, 그럼에도 일반인이 철학자가 될 수 없는 것은 아니었다. 왜냐하면 병리학적 차원에서 정상적인 사고 활동을 할 수 없는 이를 제외하고 사유는 인간의 고유한 능력이기 때문이다. 그리고 그는 감옥 안에서 그것을 스스로 입증해 보였다.

생각이란 영혼이 자신과
나누는 내화입니다.

플라톤

017

고대 그리스에선 정신과 육체의 건전성을 모두 중시했다. 그리고 신체에 단련이 필요하듯 정신에도 단련이 필요하다고 보았는데 정신의 단련 수단은 바로 생각이었다.

이는 플라톤이 묘사하고 있는 소크라테스 시대의 젊은이에게도 마찬가지였다. 인용의 말은 플라톤의 대화편 『소피스트』에서 유래하지만, 비슷한 말이 같은 책의 다른 대목에서 그리고 『테아이테토스』와 『필레보스』와 같은 다른 대화편에서도 변주를 거듭하며 등장한다. 모두 한결같이 생각이란 "영혼 안에서 목소리 없이 생겨나는, 영혼 자신과의 대화"라고 말한다.

생각과 말이 비슷하다고 하지만, 영혼과 나누는 대화는 목청과 핏대를 돋울 필요도 없고 달달하거나 유창할 필요도 없다. 말은 종종 그 겉치장에 홀려 내용을 챙기지 못하도록 만들 때가 있는데, 생각이라는 대화는 오롯이 그 내용에만 충실할 수 있다. 물론 망상이나 공상처럼 자신과의 대화에서도 딴전을 피울 수 있긴 하지만 말이다.

그런데 정작 소크라테스는 자신과의 대화를 어떻게 했을까. 한 후대 역사가가 펠로폰네소스 전쟁에 참전한 소크라테스가 숙영지에서 지내던 모습을 다음과 같이 전하고 있다. 이 묘사를 보면 그가 자신과의 대화를 어떻게 했는지 충분히 짐작할 수 있다.

"한번은 이른 아침에 그가 깊은 생각에 잠겨 있었다. 그는 한 자리에 서서 생각했는데, 해결이 되지 않았는지 그 자리에서 그저 서서 생각했다. (……) 정오가 될 때까지도 그 자리를 뜨지 않고 계속 생각했다. (……) 새벽이 될 때까지, 그리고 다시 태양이 떠오를 때까지 그는 서 있었다. 그러다 태양을 향해 기도를 드린 후 자리를 떠났다."

인간의 심장을 감싸고 도는 피가
바로 인간의 사고다.

엠페도클레스

우리 몸에서 생각을 주관하는 기관은 어디에 있을까? 오늘날 상식에 따르면 당연히 뇌다. 물론 처음부터 자명했던 사실은 아니다. 자연학이라는 이름으로 세상 만물과 이치에 두루 호기심을 품었던 고대 그리스인은 인체에 깊은 관심을 가졌고, 신체의 각 장기가 어떤 특정한 정신적 기능을 갖고 있는지, 특히 영혼과 정신을 주관하는 기관은 무엇인지 몹시 궁금해했다. 그들은 여러 가설을 세웠는데, 크게는 심장이 영혼과 정신을 주재한다는 '심주설'心主說과 머리가 주재한다는 '뇌주설'腦主說로 갈렸다.

기원전 5세기 고대 그리스 철학자 엠페도클레스는 심장이 생각을 주관한다는 '심주설'을 주장했다. 그의 생각을 고대 그리스 철학을 집대성한 아리스토텔레스가 이어받았다. 아리스토텔레스는 심장을 독립적인 생명체로 보기도 했다. 그의 영향력 때문이었는지 그리스어로 지성과 이성을 의미하는 '누스'νους와 '티모스'θυμός라는 표현이 모두 심장과 관련이 있기도 하다.

그런데 이미 엠페도클레스보다 한 세기 앞서, 피타고라스학파의 알크마이온은 정신 활동의 중추가 뇌에 있다는 '뇌주설'을 주장하였다. 그는 진정한 의미의 해부를 최초로 시행하고 그를 통해 신경을 발견하여, 이를 뇌주설의 근거로 삼았다. 그의 주장은 이후 히포크라테스에게 이어지고 먼 훗날 현대 의학의 입장과 궤를 같이하게 되지만, 아주 오랫동안 외면을 당했다.

그러다 근대를 지나며 뇌주설이 정설로 자리를 잡기 시작했다. 의료 장비의 획기적인 발달과 그로 인한 뇌과학 연구의 발전이 계기가 되었지만, 결정적인 것은 20세기 중반에 인류 최초로 성공한 심장 이식 수술이었다. 다른 사람의 심장을 이식받고도 자기 정체성을 유지할 수 있었으니 심장이 생각과 이성을 주관한다고 더는 보기 어렵게 된 것이다.

사유의 현실태가 삶이다.

아리스토텔레스

019

아리스토텔레스는 모든 사물을 가능태와 현실태라는 두 개의 양태로 나누어서 바라보았다. 가능태가 일종의 씨앗이라면, 현실태는 그것의 결실인 열매다. 따라서 아리스토텔레스의 이 명제에 따르면 생각은 씨앗이며 그 씨앗이 영글어 맺히는 열매가 우리 삶이다.

사유와 관련된 경구 가운데 이 말만큼 동서고금을 아우르며 가장 많은 수의 유사 변형이 존재하는 말은 없을 것이다. 연원상 가장 오래된 말은 "마음이 모든 일의 근본이니 모든 것은 마음에서 비롯되고 마음으로 이루어진다"라고 하는 『법구경』 제1장 「쌍서품」雙敍品 첫 구절이다. 그리고 동양 사상에 심취했던 미국의 사상가 랄프 왈도 에머슨은 이 말을 받아 "당신이 하루 종일 하는 생각, 그것이 바로 당신이다"라는 말로 나아갔다. 그런데 이 말들이 단순히 직관과 통찰에서만 비롯된 것은 아니다. 엄연한 과학적 근거도 있어, 미래학자 니콜라스 카는 "신경학적 관점에서 볼 때도 우리는 우리가 생각하는 그런 존재가 된다"라고 말했다.

그뿐 아니라 사유가 삶을 규정하듯 삶이 사유를 규정하기도 한다. 사유가 충분히 그 삶을 이끌지 못하면 사유는 삶에 종속된다. 사유가 삶의 앞길을 밝히는 길라잡이가 되지 못하면 갈지자의 삶을 우리 사유도 따라갈 수밖에 없다. 소설가 폴 부르제의 말마따나 생각하는 대로 살지 않으면, 우리는 사는 대로 생각하게 될 것이다.

간혹 사이비 교주처럼 '간절히 생각하면 다 이루어지리라' 하고 외치는 사람이 있다. 그러나 다짜고짜 생각만 한다고 뜻한 바가 이루어질까. 여기서 '어떻게 생각하느냐'의 문제가 더해진다. 생각의 씨앗을 심었다하여 절로 열매가 맺히는 게 아니기 때문이다.

인간은 생각하는 갈대.

블레즈 파스칼

020

『팡세』는 1부 '신 없는 인간의 비참'과 2부 '신 있는 인간의 복됨', 이렇게 두 부분으로 나뉜다. "인간은 생각하는 갈대"라는 대목은 1부에서 나오는데, 파스칼은 거기서 신이 없는 인간의 존재론적 조건이 얼마나 비참한가를 말한다. 다만 그는 경험적 사례를 들며 인간이 얼마나 보잘것없는 존재인가를 콕콕 짚으면서도 신과 비교한답시고 인간을 단순히 열등한 존재로만 묘사하지는 않는다. 인간의 조건은 대단히 복잡 미묘하며 그 안에 비천함과 위대함이 동시에 존재한다는 것이다.

여기서 파스칼이 말하는 인간의 위대함이란 간혹 인간 세상에서 찾아볼 수 있는 초인의 영웅적 행위나 영적 스승의 고매함 같은 게 아니다. 보통 사람 누구에게서나 찾아볼 수 있는 능력인 정신 활동에 인간의 위대함이 있다고 그는 말한다. 그리고 인간의 존엄도 거기에 있다고 말한다. 살짝 이는 바람에도 맥없이 하늘거리는 갈대 같은 존재가 생각이라는 정신 활동을 통해 심지어 '우주까지 이해'할 수 있다는 것이다. 이 '생각하는 갈대'가 들어 있는 대목을 마저 읽어 보자.

"인간은 한 줄기 갈대. 세상에서 가장 미약하나, 생각하는 갈대. 그를 으스러뜨리고자 우주가 철갑까지 두를 일은 없다. 한 방울 액체, 한 모금 입김만으로도 충분할 터. 허나 우주가 짓밟더라도 인간은 그를 짓밟는 존재보다 고귀하리라. 인간은 자신이 죽는다는 것과 우주가 자신보다 우월하다는 것을 알지만, 우주는 그 사실을 모르기 때문이다. 그러므로 우리 존엄은 사유 안에 있다. 거기서 우리를 고양시켜야지 우리가 채울 길 없는 공간과 시간에서 그럴 일이 아니다. 그러니 사유에 힘써야 한다. 이야말로 도덕의 원리이기 때문이다."

나는 생각한다.
그러므로 나는 존재한다.

르네 데카르트

이 명제가 등장한 것은 17세기 중반이다. 이성과 합리성을 중시하는 근대 유럽 철학을 한마디로 요약해 주는 말이며, 파스칼의 "인간은 생각하는 갈대"와 더불어 생각이라는 주제와 관련하여 가장 널리 회자하는 말 가운데 하나다.

데카르트는 이 명제를 도출하기 위해 귀류법의 방식을 취한다. 먼저, 자신의 존재를 의심해 본다. '나'라고 생각하는 이 물건은 한낱 허깨비가 아닐까. 악마의 속임수에 걸려 내가 진짜로 존재한다고 믿는 건 아닐까 하고 말이다. 이렇게 하다 보면 우리는 걷잡을 수 없는 의심의 소용돌이에 빠져들게 된다. 나라는 존재뿐 아니라 세상의 모든 것이 불확실해진다. 저 유명한 장자의 '호접지몽'胡蝶之夢 비유처럼 현실과 몽상을 구분할 길조차 없게 된다.

그러다 문득 데카르트는 그런 의심을 하고 있는 자신을 돌아보았다. 이렇게 묻고 따지는 존재로서의 나는 의심의 여지가 없는 게 아닌가. 적어도 의심한다는 행위만큼은 거짓일 수도 속임수일 수도 없을 것 같다. 이런 일련의 사고 과정을 거치며 데카르트는 '나는 생각한다. 그러므로 나는 존재한다'라는 명제를 이끌어 냈다.

데카르트에게 의심한다는 것은 곧 생각한다는 것이다. 의문을 품고 물음을 던지는 것이 생각의 요체다. 그렇다면 생각이란 머릿속에서 단순히 무언가를 떠올리는 수동적 행위가 아닌, 무언가를 따지고 파헤치는 능동적 행위다. 그리고 그렇게 묻고 의심할 때, 비로소 나는 허깨비가 아닌 참다운 하나의 존재가 될 수 있는 것이다.

'나는 생각한다. 그러므로
나는 존재한다'라는 말은 치통을
우습게 보는 지식인의 말이다.

밀란 쿤데라

022

포스트모던 시대에 이르면 근대 유럽의 금과옥조와 같던 데카르트의 명제도 부침을 겪는다. 사람들은 '나는 생각한다. 그런데 존재하지 않는다'라고 비틀어 말하거나, '나는 존재한다. 그러므로 나는 생각한다'라고 뒤집어 말한다. '생각하는 갈대'라며 추앙받던 인간은 대수롭지 않은 존재가 되고 그의 생각이란 것도 천편일률의 흔한 것이 돼 버린다.

『불멸』보다 몇 해 앞서 발표한 『소설의 기술』이라는 에세이에서 밀란 쿤데라는 이렇게 적었다.

"일찍이 데카르트가 '자연의 주인이요 소유자'라고 보았던 인간은 그를 좌우하고 능가하며 압도하는 힘들(기술, 정치, 역사) 앞에서 하잘것없는 존재가 돼 버리고 말았다. 이 힘들 앞에서 이제 인간의 구체적 존재감과 생활 세계는 어떤 가치도 없으며 어떤 관심거리도 되지 않는다. 일찌감치 일그러져 사라진 존재가 되었다."

합리주의적 사고가 이룩한 현대 물질문명은 역설적으로 합리주의적 사고의 출발점이었던 명제를 무너뜨렸다. 그렇다고 '나는 존재한다'라는 사실이 다시 의혹에 빠지는 것은 아니다.

쿤데라는 생각이 아닌 감각(고통)이 이제 진정한 자아의 토대가 된다고 말한다. 누군가 자신의 발을 밟거나 혹은 지난밤 치통으로 잠을 이루지 못할 때, 그 고통이 나라는 존재를 여실히 일깨워 주기 때문이다. 물론 감각은 인간과 늘 함께했다. 데카르트 이후 생각이 모든 것을 압도하면서 감각이 하찮게 보이거나 부수적 능력으로 폄훼됐을 뿐이다. 이제 생각의 위상은 예전 같지 않다. 비록 배웠다 하는 이 가운데 많은 이가 여전히 감각을 과소평가하지만 말이다.

삶이란 느끼는 인간에겐
비극이며, 생각하는 인간에겐
희극입니다.

호러스 월폴

023

영국 저술가 호러스 월폴은 이 표현을 자주 썼다. 그리고 이 표현에 덧붙여 "데모크리토스는 웃고, 헤라클레이토스는 운 까닭이 바로 여기 있다"라는 말을 하기도 했다. 둘은 고대 그리스의 철학자인데, 헤라클레이토스는 세상의 어리석음을 한탄한 반면, 데모크리토스는 세상의 어리석음을 조롱했다는 얘기가 전해져 내려오기 때문이다. 같은 대상을 두고 이성의 눈으로 보느냐, 감성의 눈으로 보느냐에 따라 대상에 대한 태도가 달라질 수 있다는 말이다.

철학자 앙리 베르그송이 웃음은 지성에 호소하는 것이라고 했는데, 이는 물리적으로 시간을 두고 바라보거나 거리를 두고 바라볼 때도 비슷한 효과를 낸다. 피아니스트이자 코메디언인 스티브 앨런은 "비극에 시간을 더하면 희극이 된다"라고 했으며, 배우이자 감독인 찰리 채플린은 "삶이란 클로즈업을 하면 비극이요, 롱숏에 담으면 희극"이라고 했다. 결국 거리를 두고 생각할 시간이 주어진다면, 대상이나 상황을 비극이 아닌 희극으로 볼 여지가 더 커지는 것이다.

그런데 채플린의 작품은 웃음만 짓다 끝나는 희극이 아니었다. 감독 채플린은 클로즈업과 롱숏을 오가는 가운데 비극과 희극의 균형을 절묘하게 잡아 나감으로써 한 스크린에 그 둘을 모두 담아냈다. 그리고 프랑스 사진작가 얀 아르튀스 베르트랑의 작업도 이와 비슷했다. 그는 열기구나 헬리콥터를 타고 하늘에 올라가 지구 곳곳의 모습을 찍었는데, 그가 찍은 사진은 지상에서 찍은 재난 현장 르포 사진도 아니고, 우주에서 찍은 푸른 구슬 같은 지구별 사진도 아닌 딱 중간 시점의 사진이었다. 그의 사진에선 멀리서 바라보는 자연의 아름다움과 가까이서 바라보는 현실의 고통이 교차했다.

내 생각은 시계의 분침이 되어
한숨짓듯 똑딱인다.

윌리엄 셰익스피어

024

어쩌다 불면의 밤을 맞아 생각이 심연을 들여다보듯 깊어지면, 아날로그 벽시계의 똑딱 소리가 상념의 메트로놈 같다. 시계 바늘의 박자야 빠름도 느림도 없이 일정하지만 생각은 그 일정한 박자를 빠르게 혹은 느리게 끌고 다닌다.

14세기 후반의 잉글랜드를 다스렸던 리처드 2세는 반란군에게 폐위당하고 성에 감금된 비운의 왕이었다. 그는 성에 유폐된 뒤 4개월 후에 죽었는데, 스스로 곡기를 끊어 자진하였다고 한다. 셰익스피어는 이 형편에 처한 리처드 2세 이야기를 가지고 희곡 『리처드 2세』를 썼다. 희곡의 마지막 무대인 5막 5장에서 폐위된 리처드 2세가 감옥인 폼프레트성에서 인용된 문장을 독백한다. 이 대목의 앞뒤를 더 읽어 보자.

"내가 시간을 허비하며 살았더니 이제 시간이 나를 허비하는구나. 이제 시간에 의해 나는 그의 시계가 되고 내 생각은 분침이 되어 한숨짓듯 똑딱이니 내 눈에 시간의 흐름이 보인다."

유폐된 리처드왕은 머리와 영혼이라는 두 짝을 지어낸 뒤, 이 두 짝을 통해 생각이라는 것을 만들고, 생각은 다시 하나의 세계를 만들어 낸다. 그렇게 리처드왕은 생각으로 감옥 안에 세상을 짓고 생각으로 그 세상 속의 인물을 만들며 생각으로 그 인물들의 삶을 연기한다. 홀로 옥에 갇힌 신세든, 홀로 인생의 황혼을 맞는 신세든 생각은 유독 크게 들리는 시계의 분침 소리에 맞춰 저 바깥에서 누렸고 머나먼 젊은 날에 누렸던 인생을 되짚게 만든다.

왕처럼 갖은 권세와 영예를 누리다 영락한 자만이 저런 독백을 하랴. 왕이든 거지든 마침내 늙어 외로워지면, 우리의 상념은 적막 속에 째깍거리는 분침 소리에 맞춰 회한과 탄식을 자아낼 수밖에 없지 않을까.

사람 마음은 얼마나 유약한지
생각이 비치는 거울 연못 같다.

실비아 플라스

025

갑자기 아버지가 세상을 떠난 이듬해, 실비아 플라스는 처음으로 자살을 시도했다. 그의 나이 겨우 아홉 살이었다. 그 후로도 자살을 시도했고 거듭된 시도는 끝내 목적을 이루고 말았다.

인용문은 실비아 플라스가 열네 살 때 지은 첫 번째 시「나는 아프지 않으리라 생각했다」의 한 대목이다. 그 시는 영혼은 기쁨에 겹고 머릿속은 좋은 생각으로 가득하며 세상은 4월의 봄처럼 따뜻하여, 고통이나 비통은 자신과 거리가 먼 일일 것이라 생각했건만 어느 순간 이 모든 것이 뒤흔들리고 말았다는 내용으로 시작된다. 그리고 저 인용문이 실린 후렴구로 마무리되는데, 해당 후렴구를 마저 읽어 보자.

"사람 마음은 얼마나 유약한지 / 생각이 비치는 거울 연못 같다. 그토록 그윽하며 / 은근히 떨리는 유리 악기라 / 노래하거나 흐느껴 울거나."

시인의 어머니가 전하는 이 시에 얽힌 일화가 있다. 실비아가 파스텔화를 그려 할머니와 어머니께 자랑했다. 모두가 잘 그렸다고 칭찬할 때, 현관 초인종이 울렸다. 할머니가 나가 본다고 앞치마를 벗어 무심코 테이블에 올려놓았고 그 바람에 파스텔이 번지며 그림이 엉망이 되고 말았다. 미안해하는 할머니에게 실비아가 아무렇지도 않다는 듯 말했다. "걱정 마세요. 손보면 돼요." 그날 저녁, 실비아는 그림을 손보는 대신 이 시를 썼고, 염세의 정조가 짙게 드리운 그의 첫 번째 시는 이렇게 탄생했다.

저 시를 쓰던 사춘기 실비아 플라스의 정서인 "생각이 비치는 거울 연못"은 훗날 성인이 된 플라스에게도 계속 이어진 정서가 아니었을까 싶다. 사위 고요할 때는 한없이 명징하나 살바람 아닌 잔바람만 일어도 폭풍과 격랑으로 번질 수밖에 없는.

생각을 하기 시작한다는 것,
그것은 썩어 문드러져 간다는
것이다.

알베르 카뮈

026

원문을 글자 그대로 옮기면 인용한 문장이 되지만, 카뮈 연구자 김화영은 "생각을 하기 시작한다는 것, 그것은 보이지 않게 마음속이 침식당하여 골병이 들기 시작한다는 것이다"라고 의미를 좀 더 풀어서 옮겼다.

어떤 생각이든 생각을 한다는 것만으로 다 썩어 문드러져 가는 것은 아니다. 우리를 골병 들게 하는 생각은 따로 있다. 우리로 하여금 진정한 철학적 문제에 직면하도록 만드는 생각이다. 그런 문제를 접할 기회는 흔치 않다. 그럼에도 언제든 누구나 그 물음의 소용돌이에 빠질 수 있다. 딸을 잃은 아버지가 그로부터 5년 뒤에 자살을 한 예를 들면서 카뮈는 그 5년간 생각이 그를 골병 들게 만들고 스스로 목숨까지 끊게 만들었다고 보았다.

그 아버지는 무슨 생각을 하였고 그 생각은 어떻게 그를 골병 들게 하였을까. 섭리라는 것이 있다면 어린 딸을 앗아 간 그 섭리를 이해해 보려는 생각을 하였을 테고, 아무리 발버둥친들 인간의 한계 조건인 고통과 죽음에서 벗어날 길 없다는 자각이 그를 사유의 사막으로 이끌고 끝내 자살로 이끌었는지 모른다.

그러나 삶은 본디 그런 사막이자 부조리라는 것. 카뮈는 여기에 절망도 희망도 덧대지 말고 그대로 받아들여야 한다고 말한다. 단, 의식은 깨어 있어야 한다. 산 정상에 올려놓으면 그대로 굴러 내려오는 커다란 바위를 매일 다시 밀고 올라가야 하는 시시포스처럼 말이다. 노곤함과 허탈에 빠져 산을 내려오지만, 시시포스의 생각만큼은 형형하다. 자신의 비극적 조건을 응시하듯 생각하는 그는 골병 드는 법이 없다. "이러한 통찰로 그의 고통은 승리"가 되며, 자신의 비극적 조건을 가소롭게 바라보는 "그 멸시의 눈길에 제압되지 않을 운명은 없다"고 확신하기 때문이다.

사유란 기나긴 어둠 속에서
번뜩이는 섬광 같은 것.

앙리 푸앵카레

027

『과학의 가치』에서 푸앵카레는 '과학을 위한 과학'의 의미를 정리하며 전체 논의를 마무리한다. 과학자를 탐구로 이끄는 것은 과연 유용성인가 즉흥성인가. 푸앵카레가 보기에 과학자는 탐구의 대상을 고르는 데 즉흥적이지 않다. 그렇다고 유용성을 앞에 두는 것도 아니다. 그의 관심에는 분명히 우선순위가 있고, 그 순위는 자신이 관찰하고자 하는 대상이 얼마나 흥미로운가로 매겨진다. 적어도 즉흥적이진 않다는 말인데, 다만 과학자가 생각하는 유용성의 가치가 일반인의 그것과 달라서 때로 그의 탐구와 사색이 뜬구름 잡기처럼 보일 뿐이다. 이렇듯 푸앵카레는 과학 탐구를 포함한 '모든 행동엔 목적이 있다'고 말한다.

생각도 마찬가지다. 어떤 의도와 목적을 지니지는 않는다는 것은 어떤 생각도 품지 않는다는 말이며, 생각되어지지 않는 것은 완전한 무無나 다름없다. 결국 생각과 행동은 지향성을 갖는다. 그리고 과학자가 탐구와 사색을 통해 궁극적으로 지향하는 것은 바로 '이해'다. 그러면서 푸앵카레는 대단히 시적인 표현으로 논의를 마무리한다.

"삶이란 죽음과 죽음이라는 두 영원 사이에 놓인 한 순간이다. 그리고 그 순간 안에서도 의식적 사고가 지속되는 것은 찰나에 불과하다. 사유란 기나긴 어둠 속에서 번뜩이는 섬광 같은 것. 그런데 이 섬광이야말로 전부다."

길지 않은 삶을 살면서 어쩌다 번뜩인 사유가 사유를 위한 사유에 그친다면 참으로 허망할 노릇이다. 찰나의 빛이 주어질 때, '아, 빛이구나!' 하고 감탄하는 것에 그칠 게 아니라 그 빛으로 이 광대한 수수께끼의 아주 작은 일부분이라도 비춰 보려고 해야 하는 것이다.

아이들에게 사랑을 줄 순 있으나
생각까지 줄 순 없습니다.

칼릴 지브란

028

사실, 생각을 준다는 말 자체가 어불성설이다. 내가 생각한 바를 전할 수는 있겠으나 생각을 줄 순 없기 때문이다. 디스토피아 세상에나 존재하는 극단적인 전체주의 사회라면 생각의 내용은 물론이고 '생각'이라는 틀까지 주입하려 들지도 모르겠다.

칼릴 지브란이 우리가 자식에게 혹은 젊은 세대에게 "생각까지 줄 순 없다"라고 한 것은 우리의 생각으로는 그들이 그들의 삶을 살 수 없기 때문이다. 그리고 지브란의 시적 표현에 의하면 "아이들의 영혼은 내일의 집"에 거하게 되는데, 아이들만이 자신의 영혼이 기거할 수 있는 집을 찾을 수 있다. 우리 어른은 꿈속에서도 그 집을 찾아갈 길이 없고, 그 집이 어떻게 생겼는지도 알 길이 없다.

부모 혹은 기성세대로서 우리가 할 수 있는 일은 그들이 제 집을 찾아갈 수 있도록 믿고 응원하는 것뿐이다. 여기서 지브란은 특유의 비유를 들어 말한다. 우리는 활이며 그들은 화살이라고. 그리고 신이 있다면, 그 신은 아이들이라는 화살이 멀리 빠르게 날아갈 수 있도록 부모라는 활의 시위를 있는 힘껏 당겨 주는 것이라고.

심리학자이자 교육사상가인 제롬 브루너는 "생각에 대해 생각하는 것"이 자율성을 키우는 교육의 핵심 요소라고 했다. 앞의 생각이 기성의 생각이라면, 뒤의 생각은 아이의 생각이다. 앞의 생각을 딛고 자기 생각을 일으키는 것이 자율성 교육의 핵심이다. 기존의 생각이 출발의 토대와 지지대 역할까지는 해 주겠지만, 그것만 가지고 아이들이 완전히 홀로 설 수는 없다. 자기 생각의 뿌리가 활착되어 스스로 영양분과 수분을 빨아들일 수 있을 때, 진정한 자율적 존재가 될 수 있기 때문이다.

내 생각들, 그것은
나의 논다니들.

드니 디드로

029

『라모의 조카』를 우리말로 번역한 황현산은 'catin'(카탱)을 창녀나 매춘부가 아닌 '논다니'로 옮겼다. 우리말에서 저보다 더 적확한 표현은 없겠으나 오늘날 한국어 언중에게 '논다니'라는 말은 순우리말 표현 가운데 하나일 뿐 거기서 원래 표현이 가진 저속은 잘 환기되지 않는다. 프랑스어 '카탱'은 18세기 당시 입 밖에 내기조차 저어될 정도의 저속한 표현이었다. 그것을 디드로가 책 머리에 떡하니 갖다 쓰면서 '나의 사색은 창녀와 다름없다'며 매우 도발적인 선언을 한 것이다. 저 말이 든 대목을 보면 이렇다.

"날씨가 맑건 흐리건, 저녁 다섯 시면 나는 팔레 루아얄로 산책을 나간다. 아르장송 벤치에 홀로 앉은 나는 나 자신과 정치, 사랑, 심미 혹은 철학 같은 것에 대해 주거니 받거니 한다. 내 정신을 자유로이 풀어놓으면 그는 혼자 알아서 기발하기도 하고 엉뚱하기도 한 생각의 꽁무니를 쫓아다닌다. 그 모습은 마치 푸아 가로수길에서 경박한 몸짓에 헤픈 웃음을 지으며 유혹하는 눈길을 가진, 어느 들창코 매춘부를 졸졸 따라다니다 또 다른 여자를 기웃거리는, 그렇게 온갖 여자에게 집적대면서도 그 누구에게도 연연하지 않는 날라리 젊은이와 같다. 내 생각들, 그것은 나의 논다니들이다."

오죽하면 '사고의 유희'라는 말이 있을까 싶은데, 디드로의 이 말만큼 그 유희를 적나라하게 드러내는 말도 없을 것 같다. 물론 생각의 즐거움을 아는 사람은 많아도 저마다 향유하는 방식은 다를 것이다. 노벨상을 수상한 물리학자 리처드 파인먼은 생각하는 즐거움을 놓치거나 망치기 싫어서 알코올을 멀리했다는 사람이다. 그에 비하면 디드로는 생각의 쾌락을 즐겼던 호색한이라고나 할까.

사고思考란 불쑥 찾아온 손님같이
개의함이 없고 자의恣意의
방자함이 있는 것 같아요.

박경리

030

한 평론가가 문학 창작을 논하면서 '사고의 강요'라는 표현을 썼는데, 박경리는 그 말이 탐탁지 않았다. 예술가의 창작 행위에 다른 누군가의 사고 강요가 가당키나 하냐는 것이다. 그에 따르면 예술가의 창작은 무의식의 소산도 아니거니와 사고를 강요받아 이루어지는 것도 아니다. 오직 그 영혼의 자유를 지키기 위한 예술가 자신의 고뇌만 존재할 뿐이다.

박경리는 그 고뇌가 몹시 고통스러울지라도 예술가라면 기꺼이 "내부에서 가장 치열한 사고의 반란"을 치르는 존재가 되어야 한다고 말한다. 그리고 그 사고의 반란이란 "소수점을 찍어 나가다가 끝이 없을 때 사사오입으로 처리해 버리는 식"의 사고를 경계하는 치열한 사고여야 한다. "영혼의 공간은 무한대한 우주"이며 "사고는 무수한 별"과 같을진대, 대충 그러려니 하는 사고로 어떤 신비에 다가갈 수 있느냐는 것이다.

이와 더불어 박경리는 관조적 사고도 비판한다. 모든 관조가 그런 것은 아니겠으나 사람들이 깊이 생각한답시고 제대로 된 성찰이 아닌 "형식적이고 인위적이며 이기적인" 고집만 피우려 할 때가 있다고 말한다. 그런 식의 관조는 철저하지 못한 사사오입의 사고를 눈가림하는 데나 쓰일 뿐이다.

따라서 예술가의 사고는 모름지기 더 거침없고 더 치열한 것이 되어야 한다. 타인의 강요는 용납하지 않되 스스로의 강박에는 시달려야 하는 치열한 사고여야 하며 점잖도 빼지 않고 눈치도 보지 않는 사고여야 한다. 그런데 이런 식으로 사고하다 보면 편견과 틀에 사로잡히지 않아 언뜻 괘씸하고 방자해 보일 수 있다. 그럼에도 박경리가 보기에 창작을 위한 궁리에선 그런 방자한 손이 더 기꺼운 존재일 수 있다는 말이다.

책이 나 대신 사유한다.

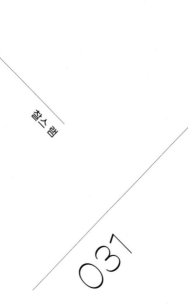

책사람

031

영국 수필가 찰스 램은 그의 누이 메리와 함께 셰익스피어의 희곡을 산문으로 풀어 쓰는 작업을 했는데, 이야기 형식의 셰익스피어는 지금도 어린이가 셰익스피어에 입문하는 데 길잡이 역할을 톡톡히 한다. 그러나 그의 문학적 업적이라 한다면 엘리아라는 필명으로 썼던 두 권의 수필집이다.

현대적 의미의 에세이 장르를 확립한 프랑스의 몽테뉴나 파스칼과 달리 그는 자신의 수필에서 거창한 철학 문제나 도덕 문제를 다루지 않았다. 「돼지 바베큐를 논하다」라는 제목의 글처럼 일상적이면서도 개인적인 소재를 가지고 글을 썼다.

인용문이 실린 「책과 독서에 관한 초연한 생각」이라는 에세이도 그렇다. 자신의 독서 습관과 책이라는 물건에 대해 쓴 이 글에 "초연한 생각"이라고 덧붙인 것은 그가 독서와 책에 어떤 목적의식을 갖고 있지 않음을 말한다. 그저 생겨 먹은 대로 마음 가는 대로 책을 집고 읽을 뿐이다. 따라서 그는 때와 장소에 따라 마음이 달리 가는 책, 내용에 따라 선호하는 장정이 달라지는 책에 대한 얘기를 하다가 훑어보기, 톺아보기, 훔쳐보기와 같은 다양한 독서 방식에 대해 얘기한다.

이리 보면 그가 매우 까탈스러운 독자일 것 같지만, 일단 때와 장소에 맞고, 내용에 걸맞은 장정이 된 책이 손에 들어오면, 그는 완전히 책에 사로잡힌다. 그가 책에 사로잡힌다는 것은 저자의 사색에 빠져든다는 것이며 그로선 그것만큼 꿈결처럼 달콤한 것도 없다.

"나는 다른 이의 사색 속에서 시간을 보내며 그들의 정신으로 빠져드는 것을 좋아한다. 걷지 않을 때면 나는 책을 읽는다. 그런데 앉아서 사색하는 법이 없다. 책이 나 대신 사유하기 때문이다."

고귀한 생각엔 고귀한 언어가
있어야 하는 법.

아리스토파네스

032

아리스토파네스의 희극 작품 『개구리』의 설정은 이렇다. 전쟁으로 피폐해진 아테나에서 시민의 사기를 문예로 북돋고자 하나 위대한 비극 시인은 모두 세상을 떠나고 없다. 이에 연극의 수호신 디오니소스가 저승에 가서 지금 아테네에서 가장 필요로 하는 시인을 데리고 나오기로 한다.

저승에 내려간 디오니소스는 우여곡절 끝에 시인들을 찾긴 했는데, 정작 누굴 데리고 갈까 고민하기도 전에 이미 시인들끼리 무언가를 두고 다투고 있었다. 표면상의 이유는 비극의 왕관을 차지하기 위해서라지만, 속내는 지옥의 관청에서 제공하는 공짜 음식을 받아 좋은 자리에서 먹기 위함이었다. 그 다툼에 소포클레스는 빠졌고, 아이스킬로스와 에우리피데스만 서로 비극은 이런 것이라며 자신의 주장을 펼쳤다. 에우리피데스는 인간적 갈등을 자연스러운 일상의 언어로 표현해야 한다고 주장하고, 아이스킬로스는 거룩한 내용을 고상한 언어로 표현해야 한다고 주장한다. 결국 최종 낙점은 아이스킬로스에게 가지만, 이들의 논쟁은 이후 문학사에서 신구 논쟁이나 순수-참여 논쟁과 같은 형태로 계속 이어졌다.

어쨌든 아이스킬로스의 저 말은 훗날 '프레시오지테'(세련된 취향)나 '교양'이라고 하는 근대 유럽의 문화 이념에 큰 영향을 미쳤다. 18세기 영국 작가 새뮤얼 존슨 같은 사람은 "언어는 사유의 의복"이라고 했다. 옷이 그 사람이 어떤 사람인지를 보여 주는 것이라면, 그가 하는 말은 그 사람의 생각을 보여 준다는 뜻이다. 그리고 이런 믿음은 유럽의 상류 계급을 중심으로 널리 퍼졌으며, 언어는 의복, 매너와 함께 저급한 민중과 차별되는, 그들만의 고상을 빛내 주는 세 가지 필수 요소로 자리 잡기도 했다.

말로 뱉어 낸 생각은 한낱 거짓.

표도르 튜체프

033

푸시킨에 버금가는 러시아 최고의 시인으로 사람들은 표도르 튜체프를 꼽는다. 튜체프가 러시아 문학 전반에 끼친 영향이 지대한데, 그 영향의 그림자에는 톨스토이와 도스토예프스키 같은 대문호도 들어 있다. 그리고 이런 말이 돌았다. 러시아 시인이라면 튜체프 시집을 단 한 권이라도 갖고 있으면 안 된다고. 모름지기 시인이라면 튜체프 시는 다 암기하고 있어야지 책을 갖고 있다는 건 부끄러운 일이라는 것이다. 그런 그의 시 가운데 가장 유명하면서도 가장 튜체프다운 시가 바로 「침묵」이다.

"마음이 어찌 자신을 표현하며 / 다른 이는 어찌 그것을 헤아리랴? / 그가 당신의 삶을 알 수 있을까? / 말로 뱉어 낸 생각은 한낱 거짓. / 샘물을 휘저으면 흐려질 뿐이니 / 입술을 축인 뒤엔 침묵하리니."

총 3연 중 이 2연에서 튜체프는 말은 생각을 담기에 부족한 그릇이니 차라리 침묵하라고 한다. 말은 생각을 담기에도 부족할 뿐 아니라 생각과 사색에도 방해가 되므로 순수한 사유를 위해서라면 되도록 말을 아껴야 한다는 것이다. 그래서인지 이 시의 리듬과 운율조차 사람들 앞에서 소리 내어 읽기보다 주변이 고요한 가운데 혼자 읽어 나가기 좋게 지어졌다고 한다.

러시아 심리학자 레프 비고츠키는 튜체프의 저 구절이 생각과 언어의 관계에 관한 극단적 관념주의자들의 주장과 비슷하다고 지적한다. 그들은 생각과 언어가 서로 독립된 것이며, 언어가 생각을 왜곡할 수 있다고 주장하기 때문이다. 그러나 비고츠키는 생각을 우위에 두는 순수한 정신주의든, 언어를 우위에 두는 순수한 자연주의든 모두 역사적 성찰을 결핍한 극단주의에 불과하다고 비판한다.

글이든 말이든 언어는
내 사고 과정에서 별다른 역할을
하는 것 같지 않네.

알베르트 아인슈타인

034

심리학에서는 생각을 경험의 심적 표상이라고 정의하기도 한다. 생각이란 경험한 내용을 자기 마음 안에서 재현하는 활동이라는 것이다. 이때 재현은 이미지의 형태를 띠기도 하고 동작 혹은 언어의 형태를 띠기도 한다. 그렇다면 생각을 할 때 반드시 언어가 필요한 것은 아니다. 사고는 이 모든 것이 뒤섞여 재현되는 과정이며, 어떤 형태가 다른 것보다 더 먼저 나타나기도 하고, 더 지배적으로 나타나기도 한다.

아인슈타인은 생각을 할 때, 언어보다 이미지나 동작으로 더 잘 표상하는 사람이었다고 한다. 그는 동료 학자인 자크 아다마르에게 이렇게 말했다.

"글이든 말이든 언어는 내 사고 과정에서 별다른 역할을 하는 것 같지 않네. 사고 과정에 주요한 역할을 하는 심리 요소가 있는데 (……) 내 경우엔 주로 시각적인 것이고 때로 '근육질적인 것'도 있단 말이지."

아인슈타인은 "과학자는 공식이나 수식으로 사고하지 않는다"라고 하면서 자신은 이미지로 먼저 사고 실험에 임하고 나서야 말이나 수식 기호가 필요하다고 했다. 시각 요소를 기반으로 하는 사고는 시각예술 분야에 종사하는 예술가에게 곧잘 나타나는 특징이지만, 아인슈타인 같은 과학자 중에도 적지 않다.

또한 아인슈타인은 어린 시절부터 달빛에 올라타고 우주를 여행하는 상상을 곧잘 했다고 하는데, 이런 상상은 나중에 본격적인 사고 실험으로 이어져 빛의 파동 위에 올라타거나 스스로 광자가 되어 광자로 '움직이면서' 사고하는 경지까지 이른다. 이것이 그가 말하는 '근육질적' 사고다. 단순히 이미지로 사고하는 것을 넘어서서 상상 속에서 사고 실험의 대상이 되어 그것의 물리적 움직임을 '느끼며' 사고하는 것이다.

사람들은 잘못을 정당화하고자
생각을 이용하고, 그것을
감추고자 말을 이용하지.

볼테르

035

볼테르의 「수탉과 영계의 대화」는 두 마리 닭이 인간의 모순된 언행과 관습을 비꼬는 풍자 우화다. 먼저 영계가 등장하여 농장 일꾼이 자기를 잔인하게 괴롭힌 얘기를 하며 치를 떨자, 수탉이 그 어린 닭을 붙잡고 인간이 얼마나 모자라고 잔인한지 인간의 말 습관을 가지고 설명한다.

수탉의 입을 빌려 볼테르가 펼치는 인간-동물론은 매우 논리적이며 신랄하기 그지없다. 일단 인간은 어처구니없는 동물이다. 왜냐하면 일관성이 전혀 없는 모순된 존재이기 때문이다. 예를 들어, 인간은 자기끼리도 의견의 일치를 쉬 보지 못한다. 더 한심스러운 것은 자기 양심마저 속이면서 자신의 손으로 만든 법을 어기거나 피할 궁리나 한다는 것이다.

그리고 인간은 정직하지 못한 존재다. 그들은 자신의 말이 앞뒤가 맞지 않는다는 점을 잘 알기에 그것을 감추고 둘러대느라 온갖 과장되고 우스꽝스러운 말을 한다. 그래서 그들이 말을 할 때, 가장 많이 쓰는 수사법이 과장법과 강조법이다. 단정적이고 극단적인 표현을 일삼는 과장법과 그것을 자꾸 반복하는 강조법을 동원하는 이유는 그들이 감춰야 할 것에서 구린내가 많이 나기 때문이다.

여기서 인간은 자신의 모순을 감추는 데만 그치지 않고 적극적으로 기만하려 드는데, 이때 동원하는 수사법이 있다. 그것은 문장 구조가 비슷한 말을 짝을 맞추어 나열하는 방식으로 상대의 감정에 호소하거나 설득하려고 할 때 자주 쓰는 대구법이다. 결국 볼테르는 다음과 같은 하나의 대구법 문장으로 인간의 기만적 행태를 드러냄과 동시에 비판한다.

"사람들은 잘못을 정당화하고자 생각을 이용하고, 그것을 감추고자 말을 이용하지."

온갖 생각이 마구 떠오르긴
하는데 그게 뭔진 모르겠단
말이야. 아무튼 누가 뭔가를
죽였다는 건 분명한 것 같아.

루이스 캐럴

036

검은 아기 고양이와 놀던 앨리스는 호기심이 생겨 벽난로 위에 걸린 커다란 거울 속 세계로 들어가게 된다. 거기서 앨리스는 「재버워키」라는 제목의 시를 읽게 되는데, 영어로 쓰이긴 했지만 문법이 뒤죽박죽이라 도무지 무슨 말인지 알 수 없었다. 그래도 "누가 뭔가를 죽였다"는 얘기인 것 같다고 한다.

인지과학자 스티븐 핑커는 『언어본능』이라는 책에서 인간의 사고가 그들이 사용하는 언어로 결정된다는 주장을 반박하기 위한 비유적 예로 이 대목을 든다. 이 대목은 캐럴이 처음부터 어떤 인지과학적 근거를 가지고 묘사한 것도 아니고 그저 허구의 한 대목에 불과하지만, 핑커가 보기에는 언어결정론을 반박하기 위한 비유적 예로 적절했다.

인지과학적 관점에서 볼 때, 앨리스가 그 시의 의미를 알 것 같다고 한 것은 허무맹랑한 동화적 장치가 아니다. 핑커에 따르면 인간은 "상식적 감각과 상식적 지식으로 도무지 이해할 수 없는데도 마음의 규칙을 통해 추상적이긴 하지만 정확한 의미 구조"를 이끌어 낼 수 있기 때문이다.

따라서 핑커의 가설에 따르면, 우리는 영어나 한국어같이 후천적으로 학습한 언어가 없더라도 생각을 할 수 있다. 다시 말해 우리의 사고는 그런 특정 언어에 좌우되지 않는다. 핑커는 대신 우리 마음속에 문법 규칙의 청사진이 담겨 있어서 그것으로 얼마든지 사고를 할 수 있다고 한다. 이것을 정신어 또는 사고언어라고 부르기도 하는데, 물론 아직 이에 대한 실체와 메커니즘이 명확히 규명된 것은 아니다. 사고와 언어의 관계에 대한 여러 가설 가운데 하나일 뿐이나, 그럼에도 뭐라 딱 부러지게 말을 할 수 없다 한들 생각조차 할 수 없는 것은 아니라는 것이다.

생각이란 하늘을 나는 새와 같아
말의 새장에 가두면 날개를 펼쳐
날아오를 길이 없다.

칼릴 지브란

예언자 알 무스타파가 12년 동안 머물렀던 오펄리즈를 떠나려고 한다. 사람들은 지금 그들의 영혼을 떠도는 한 가지 문제에 대해 마지막 지혜를 청한다. 여러 사람의 여러 질문이 가고 답이 오는 과정에 학자의 신분을 가진 이가 말에 대해 물었다.

말에 대해 묻는 이가 학자라는 점이 인상 깊다. 학자 말고도 세상에 말을 다루는 이가 얼마나 많은데, 유독 학자가 대표로 말에 대해 묻는다. 그 까닭이 있다. 학자의 말은 시비를 다투는 갑론을박의 말이기 때문이다. 말이 필요하지만, 자칫 말이 전부일 수 있는 이가 학자이기 때문이다.

말을 하면 어쩔 수 없이 그만큼 사색의 시간을 빼앗기는 것이라, 필요한 말만 하고 딱 그 자리에서 멈추면 좋으련만 사람은 그 말소리에 스스로 취하기도 한다. 그러다 말의 내용은 사라지고 시시비비와 갑론을박의 자기 소리만 요란해진다. 그리하여 "아는 바도 없고 숙고하는 바도 없이 저도 이해 못 하는 진리를 떠들고 다니는" 일이 생길 수도 있는 것이고.

「말에 대하여」는 열아홉 번째 질문에 대한 알 무스타파의 가르침인데, 알 무스타파는 『예언자』 앞부분에서 일찌감치 이런 말도 했다.

"목소리가 자기에게 날개를 달아 준 혀와 입술까지 이끌고 날아갈 순 없다. 홀로 창공을 향해 날아올라야만 한다. 돌아갈 둥지 없이 홀로 태양을 향해 날아가는 독수리처럼."

여기서는 목소리가 생각이며, 혀와 입술이 말이다. 생각에 날개를 달아 주는 것은 말이지만, 말은 홀로 의미의 하늘을 날 수 없다. 그리고 말은 생각을 담는 그릇으로 유용하지만, 그릇의 역할을 넘어서면 생각을 가두는 우리가 될 수도 있다.

말은 날아오르나 생각은
저 아래 머무는구나.
생각 없는 말이 하늘에 이를까.

윌리엄 셰익스피어

038

덴마크 왕 클로디어스는 자신의 형이자 햄릿의 아버지인 선왕을 죽인 살인자며, 형수를 아내로 취한 파렴치한이다. 그 사실을 알게 된 햄릿은 원수를 갚으리라 벼르지만, 자신도 스스로 품은 앙심의 독으로 서서히 파멸의 길을 가게 된다.

어느 날, 클로디어스가 참회를 한답시고 홀로 무릎을 꿇고 있는 모습을 본 햄릿은 회개하는 와중에 복수를 해 버리면 저 살인자가 오히려 신의 용서를 받게 된다며, 다음 기회를 노리기로 하고 조용히 자리를 떠난다. 정작 클로디어스는 참회할 심정으로 무릎을 꿇긴 했으나 진심이 같이하지 않는다며 인용한 저 대사를 읊조린다. 이리 보면, 클로디어스는 악할지언정 적어도 자기 연민에 빠져 스스로를 기만하는 순진한 인물은 아니었다.

오히려 작품 내내 말은 날아오르나 생각은 저 아래 머물던 이는 햄릿이었다. 많은 말을 허공에 날려 올리면서도 그의 생각은 얼마나 저 밑바닥에서 허우적대고 있었던가. 그가 이런 한심한 자신을 제대로 돌아보게 된 것은 성격 면에서 자신과 정반대의 인물인 노르웨이 왕자 포틴브라스를 조우하고 난 뒤였다.

"짐승처럼 아둔해서 그럴까 아니면 비겁하게 망설여서 그럴까. 이처럼 무슨 일에도 생각이 많은 건. 생각의 사분지 일이 지혜라면 사분지 삼은 비겁인 게다."

햄릿은 포틴브라스 왕자의 모습을 좇기로 다짐한다.

"지금 이 시간부터 나의 생각엔 서슬이 돋을 것이다. 그도 안 되면 나는 정말 형편없는 놈일 수밖에 없으리라."

그러나 때는 이미 늦었다. 생각이 저 아래 머무는 사이 깔짝거리던 그의 행동은 무모하고 서툴기 그지없던 터라 이미 일을 다 그르친 뒤였기 때문이다.

생각은 몇몇과 나누고,
말은 여럿과 나눠라.

발타사르 그라시안

039

스페인 예수회 신부였던 발타사르 그라시안은 모럴리스트답게 세상을 예리한 눈으로 관찰한 뒤, 거기서 우리에게 필요한 도덕적 생활 규범이 무엇인지를 끌어내 쉽고 간결한 문장에 담아낸다. 그처럼 쉬 뇌리에 박히는 문장 속에서 그가 제시하는 도덕 규범은 초월적인 형이상학에 바탕을 둔 것이 아니라 지나치게 세속적이다 싶을 만큼 현실적인 기반에 놓여 있다.

모두가 '예'라고 할 때 홀로 '아니요'라고 할 줄 알아야 한다고 어디에서 그랬던가. 그라시안에 따르면 그것은 강물을 거스르는 일과 같아 거기서 자칫하면 실수를 범할 수 있고 그 실수는 우리를 위태로운 지경에 몰아넣을 수 있다. 물론 그라시안은 예외의 인물로 소크라테스를 들긴 하지만 소크라테스도 결국 독배를 들어야 했으니 그도 실수와 위험에서 벗어나진 못한 셈이다.

그라시안의 조언은 이렇다. 처음부터 말을 아끼면 좋겠지만 굳이 말을 해야 한다면 다수를 거스르지 않는 것이 좋겠다고. 옳고 그름을 떠나 상대의 의견을 거스르면 상대는 그것을 비난으로 여기고 모욕감을 느낀다는 것이다. 대부분의 사람에게 무엇이 진리냐 하는 것은 중요한 문제가 아니기 때문이다. 그들에겐 서로 그게 맞는다며 끄덕거릴 수 있는 얄팍한 통념이면 족하다. 따라서 그라시안은 사람들과 나누는 말은 딱 그 수준에서만 하면 된다고 말한다.

그러나 생각은 말과 다르다. 생각은 누구도 강압할 수 없는 자유의 영역에 있으므로 다수를 의식할 필요 없이 스스로 옳다 여기는 것을 마음 깊은 곳에 품을 수 있다. 그러니 자기 생각이 있는 현명한 사람이라면 평소엔 침묵 속에 물러나 있다가 자신을 이해할 수 있는 사람 앞에서만 자기 생각을 말로 드러내야 한다. 물론 그럴 수 있는 대상은 아주 소수일 테지만 말이다.

황금빛 밀밭을 보면
네 생각이 날 거야.

앙투완 드 생텍쥐페리

040

여우가 어린 왕자에게 말한다. 황금빛 물결이 넘실대는 밀밭을 보면 금빛 머리카락을 가진 네가 생각이 날 거라고. 그리고 그 생각이 나면서 밀밭 사이로 부는 바람 소리도 좋아하게 될 거라고. 단, 네가 날 길들여 준다면.

어떤 대상이 있으면 그것을 가리키는 언어 혹은 기호가 있다. 언어학자 소쉬르는 그 기호를 기의와 기표로 다시 나누었다. 여기 '소년'이라고 하는 지시 대상이 있다고 할 때, '소년'이라는 문자와 /소년/이라는 음성은 기표에 해당하며, 그것이 환기하는 개념 또는 의미는 기의에 해당한다. 기의와 기표로 이루어진 기호가 지시 대상을 가리키는 것, 이것이 언어와 사물의 관계다. 이때 기의와 기표의 관계는 필연적이 아니라 자의적이다.

자의적이라는 것은 언제든 다른 것으로 대체할 수 있는 언어적 약속에 불과하다는 말이지만, 여우는 기의와 기표의 관계가 맺어지는 것을 두고 '길들여진다'고 표현한다. 여우에게 기표는 기의를 담기 위한 단순한 도구가 아니다. 황금빛 밀밭이라는 기표는 어린 왕자라는 기의를 담는 그릇에 그치는 것이 아니라, 새로운 기의가 된다. 다시 말해, 생텍쥐페리의 말처럼 여우는 밀밭에도 길들여지게 되는 것이다.

그동안 밀밭이 아무리 황금빛 물결을 이루며 탐스럽게 출렁인들 초식 동물도 아닌 여우로선 아무 감흥도 별 생각도 없었는데, 이젠 어린 왕자 생각에 황금빛 밀밭을 즐거운 마음으로 바라보고, 그 밀밭 사이로 부는 바람 소리까지 좋아하게 된다. 자의적 관계가 아닌 길들여진 관계가 되었기 때문이다.

할 말을 생각할 동안
무릎을 굽혀 예라도 표하면
시간을 아끼잖니!

루이스 캐럴

041

거울 나라의 붉은 여왕은 앨리스를 보자마자 대뜸 어디서 왔으며, 뭐하러 왔는지 심문하듯 묻는다. 여왕의 차가운 태도와 명령에 기가 눌린 앨리스가 대답을 머뭇거리자 여왕이 분위기를 바꾼답시고 어조를 살짝 누그러뜨리며 저 말을 한다. 물론 그렇다고 분위기가 더 화기애애해지거나 그러진 않았지만 말이다.

그럼에도 앨리스는 이 말을 명심해 두었다가 나름대로 잘 써먹었다. 붉은 여왕이 아리송한 얘기를 할 때마다 한쪽 무릎을 굽히며 예를 표했다. 예를 들어, 여왕이 "영어로 적절한 말이 생각나지 않으면 불어로 해 보렴" 하고 황당한 충고를 하자, 앨리스는 그 말뜻을 헤아리기 위해 무릎을 굽혀 예를 표하는 동작을 취하기도 했던 것이다.

꿈속 거울 나라에서 현실로 돌아온 앨리스는 고양이 키티를 앞에 앉혀 놓고 장난기 가득한 목소리로 여왕처럼 충고를 한다. 생생히 기억하고 있으니 앨리스로선 꽤 인상 깊었던 말이었나 보다.

"무슨 말을 가르릉거릴까 생각할 동안 무릎을 굽혀 예라도 표해야 하지 않겠니. 그래야 시간을 아낄 수 있으니 명심해!"

우리는 생각을 홀로 떨어져 오랜 시간 무언가에 몰입하는 행위로 이해한다. 그러나 세상은 우리에게 그런 식으로 생각할 여지를 주지 않는다. 차분히 생각할 시간적 여유는 물론이고 고즈넉이 사색할 공간적 여유도 잘 내주지 않는다. 그러면서 한시도 쉬지 않고 우리의 말과 행동만 재촉한다. 만약 이런 재촉이 견디기 어려울 때가 온다면, 붉은 여왕의 충고를 기억해 두었다가 실행해 보면 어떨까. 무의미하게 반복하는 일상의 행위들 그 틈바구니에 생각의 자리를 끼워 넣고 보는 것이다.

생각을 하기 위해서는
공격적이 되는 것을
감수해야 합니다.

조던 피터슨

042

영국 방송국 채널 4에서는 당시 유튜브를 통해 커다란 인기와 수많은 논쟁을 불러일으킨 조던 피터슨 교수를 초대하여 "조던 피터슨과 나누는 성별 임금 격차, 캠퍼스 시위, 포스트모더니즘에 관한 문제"라는 대담을 나눴다. 대담자는 캐시 뉴먼이라는 기자였다. 팽팽히 맞선 분위기에서 진행된 대담 말미에 뉴먼이 트랜스젠더는 성별이 특정되지 않는 인칭대명사로 불리기를 원하는데, 피터슨이 그것을 존중하지 않는 이유를 물었다. 이에 피터슨이 그 문제를 연방 정부에서 법적으로 규제하는 것을 반대한 것뿐이라고 답하자, 뉴먼이 표현의 자유에 대한 당신의 권리가 차별을 받아서는 안 된다는 트랜스젠더의 권리보다 상위의 것이냐고 되물었다. 저 인용문은 그 답변 과정에 나온 말이다.

"생각을 하기 위해서는 공격적이 되는 것을 감수해야 하니까요. 무슨 말이냐면, 지금 우리가 하는 대화를 보세요. 당신은 시비를 가리기 위해 제게 공격적이 되는 것을 기꺼이 감수하고 계시잖아요."

대담 내내 무례하다 싶을 정도로 말꼬투리를 잡고 공격적인 질문을 퍼붓던 뉴먼이 이 말에 그만 기세가 꺾이고 말았다. 사실, 이 말만큼 피터슨을 잘 규정해 주는 말도 없다. 그는 여러 사람을 여러모로 불편하게 만드는 사람이다. 그러나 거기에 그 어떤 몰상식과 억지는 없다. 최대한 객관적 자료와 합리적 추론에 의거하여 스스로 판단컨대 미신 같은 당위를 공격할 뿐이다.

이런 태도는 사회 문제에 대해 주저 없이 발언하는 사상가에게서 곧잘 찾아볼 수 있다. 소크라테스는 자신이 아테네가 끊임없이 각성하도록 따갑게 무는 등에와 같다고 했으며, 경제학자 케인즈도 이런 말을 했다. "말은 다소 과격할 필요가 있다. 왜냐하면 그것은 생각 없음에 대한 생각의 공격이기 때문이다."

'이중사고'란 한 사람이
동시에 두 가지 상반된
믿음을 견지하며, 그 둘을 다
수용하는 능력을 의미한다.

조지 오웰

043

조지 오웰의 『1984』에는 암묵적 대전제가 있다. 언어가 사고를 결정한다는 언어결정론 가설이다. 이를 바탕으로 오웰은 인간의 사고를 지배하기 위해 언어를 통제한다는 발상을 문학 작품으로 형상화한다.

작품에 등장하는 영국 사회주의 전제 정권은 사람을 세뇌하고 그들의 사고를 지배하기 위해 아예 새로운 언어를 만든다. 이 '신어'는 통사 규칙 등은 기존 언어, 즉 '구어'에서 대부분 갖다 쓰고 어휘 부분만 고쳐 쓴다. 일단 어휘를 크게 세 종류로 나누는데, 그중에서 가장 중요한 것은 언어결정론 가설에 의거하여 사상을 통제하기 위해 만들어진 어휘군이다. 이 어휘군에 속하는 말은 '이중사고'doublethink라는 원리에 따라 활용된다.

작품에 등장하는 중요한 이중사고적 어휘 가운데 하나가 '평화부'다. 평화부는 영국 사회주의 정권의 한 부처로, 이름은 평화부지만 여기서 관장하는 업무는 전쟁이다. 이런 식의 어휘가 통용될 경우, 평화의 의미와 전쟁의 의미가 한데 뒤섞여 우리는 의식적 기만을 당할 수밖에 없다. 그리고 그에 따라 우리의 사고도 이중적이 된다. 이중적 사고를 하게 되면, 거짓말이라는 것을 알면서도 그 거짓말을 참이라 믿고, 믿고 싶지 않은 것은 망각 속에 밀어 넣었다가 필요할 때만 다시 꺼내게 된다.

처음에 사람들은 이중사고로 상반된 믿음이 혼재된 상태에서 혼란과 갈등을 느낀다. 그러나 이것은 잠시 나타났다 사라지는 과도기 현상일 뿐이다. 전쟁을 관장하는 부서를 평화부로 부르면서 '빅 브라더' 통치 집단이 궁극적으로 지향하는 것은 '평화'의 의미를 완전히 거세하는 것이다. 일단 이중사고로 평화라는 말의 쓰임과 의미가 오염되면, 평화에 대한 믿음과 관념이 사람들로부터 사라지는 것은 시간문제가 된다.

생각해야 한다.
눈으론 충분치 않으니
생각도 같이 해야 한다.

발췌인

044

뇌과학자 조나 레러는 『프루스트는 신경과학자였다』라는 책에서 현대 신경과학에 의해 밝혀진 여러 사실이 예술가의 창의적 통찰에 의해 이미 예견된 바였다고 주장한다. 레러는 그중 폴 세잔이 후기 인상파로 나아가게 된 계기를 언급하면서 세잔이 이미 우리 신경계의 시각 작용 과정을 직관적으로 통찰해 내었다고 말한다.

처음에 폴 세잔은 인상주의 화풍의 그림을 그렸다. 그러다 눈에만 의지한 인상주의 화풍으로는 순간을 포착하여 캔버스에 구현할 수 있긴 하지만, 거기서 자연의 핵심으로는 들어가지 못한다고 보았다. 세잔은 인상파에 뭔가 부족한 것이 있다고 여겼는데, 바로 인상에 대한 해석이었다. 어떤 대상이 수동적으로 우리 눈에 들어오는 것을 '본다'고 하지 않으며, 해석(생각)이라는 우리의 주체적 의지가 개입될 때 비로소 '본다'고 말할 수 있다는 것이다. 단순히 '보이는 것'에 머무르지 않고 '보는 것'이 되어야 진정한 의미의 창조 행위가 되며, 그럴 때 우리는 자연의 핵심에 도달할 수 있다는 것이다. 그런데 훗날 밝혀진 바에 따르면, "눈으로 충분치 않다"라는 세잔의 말은 창작 방법에 대한 직관적 비유가 아니라 엄연한 과학적 사실이었다.

우리가 사물을 볼 때, 일단 피사체의 상이 망막에 맺히면 시신경이 그 신호를 모아서 우리 뇌로 보낸다. 이때 망막에 퍼져 있는 시신경은 다발을 이루어 '맹점'이라는 구멍으로 빠져나간다. 빛을 감지하는 원추 세포가 없어 상이 맺히지 않기에 맹점이라 불리는 것인데, 놀라운 점은 우리 뇌가 그 빈 부분을 전혀 눈치채지 못한다는 것이다. 왜냐하면 우리 뇌가 개입(해석)하여 그 빈 자리를 메워 버리기 때문이다. 오래전, 세잔이 직관적 통찰로 메워 버렸던 바로 그 구멍 말이다.

나는 사물을 그릴 때
생각하면서 그리지
보면서 그리지 않는다.

파블로 피카소

045

입체파는 오랫동안 유럽 미술계를 지배했던 사실주의에서 마침내 벗어날 수 있었던 혁명적인 미술사조였다. 입체파의 결정적 차이는 시각의 자리에 사유가 자리하게 되었다는 데 있다. 사물을 정교하게 묘사하는 데 치중했던 사실주의는 당연히 시각에 철저히 의존했던 반면, 입체파는 시각이 아닌 사유에 의존했다.

물론 입체파도 초기에는 시각에 의지하는 버릇을 완전히 버리지 못했다. 형태는 단순해졌지만 적어도 무엇을 그린 것인지는 알 수 있었다. 그러다 후기로 갈수록 그림은 기하학적으로 추상화되어 무엇을 그린 것인지 알기 어려워졌다. 대상의 형태를 완전히 해체한 뒤 재구성하는 식이었기 때문이다. 그리고 재구성 과정은 개념에 의거하였다. 결국 입체파 회화는 대상에 대한 관념이나 지식을 그림으로 표현한 것이나 다름없었다.

이 입체파의 창시자 중 한 사람이 파블로 피카소다. 그는 "사물을 그릴 때 생각하면서 그리지 보면서 그리지 않는다"라고 하였으며, "예술을 통해 우리가 표현하고자 하는 것은 자연이 아닌 그 어떤 것에 관한 우리의 생각"이라고 하였다.

여기서 더 나아가 자신은 그림을 그리는 것이 아니라 실험을 하는 것이라고 했다. 과학자처럼 주제를 정하고 관련 데이터를 수집하고 그것을 분석한다는 것이다. 이때 사물의 본질이 그냥 본다고 해서 보이는 것이 아니므로 우리는 눈에 뻔히 들어오는 특성이 아닌 그 배후에 숨어 있는 경이로운 특성을 찾아내야 하는데, 그러려면 눈이 아닌 마음으로 봐야 하고 생각을 해야 한다. 혹시 생각이 막히는 일이 있어도 오래된 습관처럼 다시 눈으로 보려고 하지 말아야 한다. 그럴 때는 "차라리 눈을 감고 노래를 흥얼거려라"고 피카소는 조언한다.

아침에 생각하며, 정오에
행동하고, 저녁에 식사를 하며,
밤에 잠을 잔다.

윌리엄 블레이크

046

엄숙과 정적이 최고의 미덕이며 선악의 구분이 명확하던 때가 있었다. 그러나 블레이크는 이를 뒤집어 버렸다. 그가 산문시 『천국과 지옥의 결혼』에 구약의 「잠언」에 빗대어 「지옥의 잠언」이라는 장을 둔 것도 이런 역발상에서 나왔다. 그는 사람들이 고상치 못하다고 꺼리고 폄훼하는 세속의 원리에 주목하며 그 현실을 제대로 살아 나갈 줄 아는 것이 슬기라고 말했다.

「지옥의 잠언」은 모두 일흔 개의 잠언으로 이루어져 있고, 저 인용구는 그 가운데 마흔한 번째 잠언이다. 흔히 우리는 생각이란 말을 대하면 하루 일과를 마치고 집으로 돌아와 잠자리에 들기 전 그날 하루를 돌아보는 행위를 떠올린다. 그러나 블레이크에게 생각은 아침에 해야 하는 일이다.

영어권에는 "먼저 개구리를 먹어 치워라"라는 표현이 있다. 아침에 일어나 가장 질색하는 일을 먼저 해치우라는 의미다. 질질 끌거나 미루기 쉬운 일을 아침에 일어나자마자 해치우면, 뿌듯한 성취감에 그날 하루 다른 일을 할 때도 생산성이 덩달아 높아질 수 있다는 말이다. 블레이크의 이 잠언은 당시 영국 지식인에게 일종의 '라이프핵'Lifehack으로 자리를 잡았던 것 같다.

1차 세계대전 발발 직후, 영국 함대 총사령관인 존 젤리코 경이 윈스턴 처칠에게 해군 참모총장 후보로 존 피셔 경을 추천하는 편지를 쓰면서 블레이크의 저 시구를 인용했다. 당시 존 피셔는 나이가 일흔이 넘은 상태여서 현역으로 복귀하기엔 너무 고령이었다. 그러나 전황이 급박히 돌아가는 터라 야전 경험이 풍부한 해군 참모로 그보다 마땅한 적임자가 없었다. 그래서 그를 추천하면서, 워낙 자기 관리가 철저한 사람이라 나이가 많다고 임무에 차질을 빚을 염려는 없다는 말을 하기 위해 젤리코 경은 블레이크의 저 시구를 인용했던 것이다.

우리는 사유의 맞바람을 가르며
알 수 없는 미래로 날아가고
있음을 우리의 심장 박동 소리로
알 수 있었다.

앙투완 드 생텍쥐페리

047

생텍쥐페리는 작가 이전에 조종사였으며 그의 마지막도 비행기와 함께였다. 2차 세계대전 당시 정찰 임무를 맡고 출격했던 그는 끝내 귀환하지 못했고 자취는 흔적도 없었다. 그로부터 50여 년이 지나서야 마르세유 남쪽 지중해 먼 바다에서 그의 비행기 잔해와 그의 유품으로 보이는 물건들을 찾을 수 있었다.

전쟁 전, 그는 항공 산업의 개척자라 할 수 있는 우편 항공기 조종사였다. 우편물을 싣고 (이따금 사람도 싣고) 유럽에서 아프리카를 거쳐 남미까지 이어지는 항공 노선을 개척한 모험가 중 한 사람이기도 했다. 프랑스 남부 도시 툴루즈를 이륙하여 스페인을 거쳐 아프리카 서부 사하라 지역을 지나 남대서양을 건너 아르헨티나의 부에노스아이레스까지 이어지는 멀고도 험한 항로였다. 당시는 비행기 전자 항법 장비는 물론이고 관제 시설과 항공기 이착륙 시설도 제대로 갖춰지지 않은 시대였으며, 비행기 성능도 시원치 않아 엔진 고장으로 사하라 사막이나 남미 산맥에 불시착하기 일쑤였다.

저 인용문은 사하라 사막의 중간 기항지에서 기약 없이 머물 때의 심정을 묘사한 글이다. 하늘을 날던 사람은 잠시 지상에 내려와 있어도 몸은 계속 하늘을 나는 기분이라는데, 저 말에서 우리는 생텍쥐페리가 잠시의 권태도 견디지 못하고 생의 약동을 얼마나 갈망했는지 미루어 짐작할 수 있다.

하늘을 나는 것은 역동적 삶을 닮았고, 기류의 흐름을 타거나 거스르는 비행은 우리의 생각을 닮았다. 때로 생각은 우리를 두둥실 가벼이 띄워 날리는가 하면 난기류 같은 번뇌로 우리를 뒤흔들어 놓는다. 이처럼 사유의 맞바람을 맞는 것은 인간의 숙명이다. 그리고 이때 우리가 기댈 것은 오직 하나, 프로펠러를 돌리는 엔진, 즉 박동 치는 우리의 심장이다.

걸음에서 잉태된 생각만이
가치가 있다.

프리드리히 니체

048

『보바리 부인』의 저자 귀스타브 플로베르가 당대 작가 조르주 상드에게 "앉아서만 비로소 생각하고 쓸 수 있다"라는 편지를 보낸 적이 있다. 이 내용을 접한 니체는 이야말로 허무주의자의 수작이며, 나아가 진득이 앉아 있는 행위가 성스러운 정신을 거스르는 죄악이라며 신랄히 비판했다. 그러면서 그는 "걸음에서 잉태된 생각만이 가치가 있다"라는 주장을 폈는데, 진정한 사유란 몸에서 비롯하며, 따라서 걷기야말로 가치 있는 생각을 길어 낼 수 있는 올바른 수단이라는 것이었다.

이런 생각을 갖게 된 데는 그만의 사연이 있었다. 스물네 살에 바젤대학 문헌학 교수가 된 니체는 그 후 10년간 가르치는 일에 열정적으로 임했다. 그러나 한 가지 일에 심하게 몰입하는 경향으로 인해 그만 건강을 해치고 말았다. 끝내 건강 문제로 교수직까지 사임한 그는 "많이, 멀리 걷고, 깊은 고독에 빠지리라" 다짐했다. 그리고 오전에 한 시간, 오후에 세 시간꼴로 걸었다. 하루에 여덟 시간씩 걸을 때도 있었다. 새삼 걸으면서 사유하는 것이 너무 행복한 나머지 감정에 북받치기도 했다. 이런 생활을 10년간 이어 가며 그는 평생의 역작들을 써내려 갔다. 걸으면서 사유하고 구상한 것을 받아 적듯 책을 썼다. 그리고 저작 곳곳에 걸음 찬양을 빠뜨리지 않았다.

『즐거운 학문』에서 그는 "우리는 책 사이에서만, 책을 읽어야만 비로소 사상으로 나아가는 그런 존재가 아니다. 야외에서, 특히 길 자체가 사색을 열어 주는 고독한 산이나 바닷가에서 생각하고 걷고 뛰어오르고, 산을 오르고 춤추는 것이 우리의 습관이다"라고 썼다. 결국 그에 따르면 생각이라고 다 같은 생각이 아니다. 그 안에서도 격이 나뉘니 '생'의 철학자가 말하는 진정한 사유란 생기와 활력에서 비롯되는 것이다.

넘어질 듯 넘어지지 않고,
그러다 다시 나아가고,
그리고 이를 반복하는 것.
이를 일컬어 걷는다고 한다.
균형을 잡고 이동하는 것.
이는 말에서도 생각에서도
그러하다.

엘제 뷜 드루아

붙박이 식물이 아닌 다음에야 모든 생물은 자력 이동 수단을 가지고 있다. 인간의 두 다리 역시 이동을 위한 것이지만, 인간의 걸음은 공간 이동 그 이상의 의미를 갖는다. 예로부터 공간 이동이라는 실용적 목적에 꼭 부합하지 않는 걸음이 존재해 왔던 것이다. 바로 사색의 걸음이다. 탈것이 많아지고 거기에 크게 의존하는 오늘날엔 걸음이 이동의 보조 수단으로 전락하였지만, 편리한 교통수단이 사색의 걸음까지 대체할 순 없다.

걷기라는 아주 단순하면서도 원초적인 인간의 육체 활동이 고도의 정신적 추상적 활동인 사유와 그토록 잘 어울린다는 것은 어찌 보면 신기한 일이다. 프랑스 철학자 로제 폴 드루아 역시 『걷기, 철학자의 생각법』에서 그 점에 주목했다. 그는 역대 철학자의 걷기가 어떠하였고, 그것이 그들의 사유와 어떤 연관성이 있는지를 연구했다.

걷는다고 하면 근처 공원이나 뒷산을 거니는 것도 있지만, 긴 시간을 두고 걷기만 하는 것도 있다. 멀리 스페인의 산티아고 순렛길이나 가까이 올레길이나 둘레길 등은 오직 걷는 것에만 몰입하기 위한 길인데, 이는 걷는다는 육체 활동을 위한 길이라기보다 생각한다는 정신 활동을 위한 길에 더 가까울 것 같다.

드루아는 균형을 잡아 가며 이동하는 것이 걷기라고 했지만, 살짝 관점을 바꾸면 걷기는 균형을 잡기 위해 이동하는 행위라고 볼 수도 있다. 현대 무용가 모지스 펜들턴은 자신이 무용에 매료된 이유를 두고 "서 있을 때보다 움직일 때 더 균형감을 느끼기 때문"이라고 말했다. 그렇게 본다면 생각도 머무르지 않고 앞으로 나아갈 때, 우리는 생각의 균형감을 더 획득할 수 있을 것이다.

생각할 대상 없이
생각해 보는 거야.

장 그르니에

050

장 그르니에는 「고양이 물루」 서두에서 "동물의 세계는 침묵과 도약으로 이루어져 있다"라고 말한다. 동물의 세계는 아무것도 하지 않고 완전히 이완된 상태거나 아니면 어떤 행동에 완전히 몰입한 상태만 있을 뿐, 그 중간이 없다는 것이다. 이런 특성이 가장 두드러진 동물이 바로 고양이다.

장 그르니에에게는 '물루'라는 고양이가 있었다. 물루는 그에게 단순한 반려동물이 아니라 세상과 자신 사이의 이질감과 거리감을 덜어 주는 존재였다. 예민한 성정 탓에 그르니에는 하루 가운데 해질 무렵과 잠들 무렵 그리고 아침에 눈을 뜰 무렵이면 공황장애 같은 불안에 싸였다. "허공을 향해 문이 열리는" 듯했고, 그 허공 속에서 자신과 세상은 아무런 의미도 없는 존재 같았다.

그럴 때면 그는 물루를 곁에 불러 위안을 얻고자 했다. 아예 그에게 충고나 지혜의 말을 구하기도 했다. 언제나 행복한 물루가 이토록 불안에 떠는 인간 집사에게 충고의 말을 건넨다.

"고개를 돌려서 그 순간을 잊어버리라고. 생각할 대상 없이 생각해 보는 거야."

펠리스 카투스는 호모 사피엔스에게 생각의 대상이 버거우면 그것을 던져 버리라고 충고한다. 그 대신 생각이라는 행동에만 온전히 집중하면 될 일이다. 자신을 보라고. "놀이하는 자신을 바라볼 생각"은 하지 않고 그저 놀이 그 자체에만 몰두하지 않느냐고. 고양이 물루의 행동에는 한 치의 흐트러짐도 없다. 그는 매 순간 자신의 행동과 완전한 일체가 된다. 적어도 실천에서 그는 인간에게 한 수 가르칠 자격이 충분해 보인다.

'물루'는 선지자의 탄생을 축하하는 이슬람 축제에서 따온 이름이다. 물루는 이슬람 현자의 환생인지도 모를 일이다.

글을 쓰지 않고는
생각할 수 없다.

장 피아제

051

교육철학자이자 발달심리학자로 널리 알려진 장 피아제는 원래 생물학자였다. 그의 생물학에 대한 관심은 어릴 때부터 시작되었다. 하얀 털이 탐스러운 알비노 참새를 관찰하고 그에 관한 과학 소논문을 처음으로 쓴 것이 그의 나이 열한 살 때였다. 그리고 열다섯 살 무렵, 연체 동물에 관한 논문을 여러 편 발표한 그는 이미 그 분야에서 실력을 인정받는 연구자나 다름없었다.

그는 한때 반짝했던 것에 머무르지 않고 대학에 들어가면서는 연구에 더욱 몰입하였다. 그리고 생물학에 국한하지 않고 인식론과 심리학으로 관심 영역을 넓혔다. 특히 허버트 스펜서, 앙리 베르그송, 조지 산타야나 등의 이론을 접하고 그들의 책을 맹렬히 읽어 나가면서 또한 글을 써 나갔다. 뇌샤텔대학을 다니던 4년 동안 그의 독서와 집필은 한번 들어가면 거의 육체적 탈진 상태에 이를 때까지 계속되곤 했는데, 이때를 회상하며 그가 했던 말이 "글을 쓰지 않고는 생각할 수 없다"였다.

이 말의 의미는 작가 플래너리 오코너가 했던 말을 보면 좀 더 잘 이해할 수 있을 듯하다. "내가 말한 것을 글로 읽기 전에는 내가 무슨 생각을 하는지 알 수 없기 때문에 나는 글을 쓰는 것이다." 알베르 카뮈도 "나는 작가다. 그러나 생각하고 되새기고 발견하는 것은 내가 아니라 나의 펜이다"라고 말했다. 피아제에게도 글을 쓴다는 것은 자신의 생각을 톺아보는 과정이었으며, 동시에 궁리의 수단이었다. 피아제에게 책과 논문은 연구 뒤에 남기게 되는 실적이나 흔적이 아니었다.

결국 그의 사색의 역사는 60여 권의 저서와 수백 편의 논문으로 이루어진 집필의 역사와 다름없었다. 이렇게 보면 읽기와 더불어 쓰기 또한 사유의 중요한 방편이라는 것은 의심의 여지가 없는 것 같다.

생각하려고 멈추면
기회는 지나가 버린다.

푸블릴리우스 시루스

052

"장고長考 끝에 악수惡手"라는 바둑계 금언이 있다. 오래 생각해서 바둑돌을 두었건만 오히려 상대를 이롭게 하는 나쁜 수가 돼 버렸다는 말이다. 비슷한 의미로 "생각이 길면, 생각이 샌다"라는 영어 관용 표현도 있는데, 이 모든 것이 오래 붙들고 고민한다고 해서 해결의 실마리를 찾으리라는 보장은 없다는 뜻이다.

푸블릴리우스 시루스는 여기서 한술 더 뜬다. '장고'도 아닌 그저 잠깐의 생각만으로도 일을 그르칠 수 있다는 것이다. 어떤 일을 할 때는 흐름을 타고 거기에 온전히 집중하는 것이 중요한데, 마라톤 선수가 뒤를 힐끔거리다 제 페이스를 놓치듯 잠깐의 생각이 그 흐름을 끊어 버리거나 거스르는 일이 될 수 있다는 말이다.

그런데 푸블릴리우스 시루스가 이런 말을 한 직접적 이유는 따로 있을 것 같다. 그는 시인이자 마임 연기자였다. 특히 그의 즉흥 연기는 당시 로마와 이탈리아 여러 지방에서 대단한 인기를 누렸으며 카이사르까지 사로잡았다고 전해진다. 그렇다면 즉흥 연기를 펼치던 마임 연기자의 입에서 나온 저 말은 단순히 삶의 지혜를 담은 금언에 그치지 않고, 즉흥 연기에 관한 조언일 수도 있다.

『즉흥연기』라는 책에서 키스 존스톤은 "즉흥 연기자는 어떤 생각이 떠오르지 않는다고 해서 그것을 찾으려 해서는 안 된다"라고 했다. 더 나은 생각, 더 독창적인 생각을 찾으려 할수록 더 진부해질 수밖에 없으므로 첫 생각을 그대로 행동으로 이어 나가는 것이 중요하다는 것이다. 결국 이런 얘기에 비추어 보더라도 푸블릴리우스 시루스의 저 말은 일반적 금언 이전에 한 문장으로 압축한 즉흥 연기론이라고 보는 것이 타당할 듯하다.

무언가를 생각한다는 것은
걷다가 돌멩이 하나를
주워 올리는 것과 같다.

레모니 스니켓

053

미국 작가 레모니 스니켓이 쓴 어린이 모험소설『불행한 일의 연대기』는 한국에『레모니 스니켓의 위험한 대결』이라는 제목으로 소개되었다. 불의의 사고로 부모를 잃은 보들레어 삼남매가 그들이 물려받은 유산을 좇는 악당과 대결을 펼치며 슬기롭게 그 역경을 헤쳐 나가는 것이 이야기의 주된 흐름이다. 각각 열네 살, 열두 살, 한 살 먹은 삼남매는 저마다 가진 독특한 능력을 발휘하여 매 고비를 잘 넘어가는데, 이야기 대단원에 이르러 만만치 않은 고비를 맞는다. 아이들은 깊은 고민에 빠진다.

생각에 잠겨 있는 아이들을 볼 때면 저 작은 머리로 무슨 생각을 저리 골똘히 할까 싶다. 작품 속에서 저자는 아이가 걷다가 생각의 돌멩이를 주웠다고 한다면, 아이는 그 생각의 돌멩이를 이리저리 만지작거리다 바닷가라면 물수제비를 뜨거나 혹은 좀 더 심술궂고 장난기 가득한 아이라면 어느 집 유리창을 향해 냅다 던져 버릴지도 모른다고 적고 있다. 그런데 그렇게 시작된 생각이 점점 무거워지기 시작한다. 마치 물 먹은 솜이 순식간에 무거워지듯 생각은 갑자기 감당할 수 없을 만큼 무거워진다.

아이뿐만 아니라 어른도 그렇다. 그리고 생각에서뿐만 아니라 감각에서도 그렇다. 예를 들어, 가시광선이란 우리가 눈으로 볼 수 있는 파장 범위 안의 빛을 말한다. 파장이 너무 길거나 너무 짧은 것은 아예 우리 감각 안에 들어오지 못한다. 감각과 생각에서 우리 인간은 너무나 큰 값과 너무나 작은 값은 버리도록 만들어졌다. 우리에겐 감당할 수 있는 생각의 무게가 정해져 있는 것이다. 그나마 보들레어 삼남매가 그 생각의 무게에 짓눌려 있다가 마침내 벗어날 수 있었던 것은 그들이 감당할 수 있는 새로운 생각거리가 나타나 주었기 때문이다.

나는 바닷가에 홀로 서서
생각하기 시작한다.

리처드 파인먼

054

인간은 자신을 압도하는 자연의 숭고함 앞에서 곧잘 깊은 사색에 빠진다. 바닷가는 우리의 상상력을 압도하는 곳이다. 공간 차원에서 수평적 무한과 수직적 무한을 경험할 수 있고, 에너지 차원에서 압도적인 가공할 위력을 경험할 수 있다는 점에서 바닷가와 같은 곳은 흔치 않다.

바닷가에서 그런 감정을 토로한 이가 많다. 아이작 뉴턴은 무엇보다 그 거대한 공간과 가공할 에너지 앞에서 인간이라는 존재와 그들의 앎이 얼마나 보잘것없는지를 깨달았다고 했다.

"내가 세상에 어떤 모습으로 비칠지는 알 수 없으나, 적어도 내가 보기에 나는 바닷가에서 놀고 있는 어린애에 불과하다. 그날따라 더 매끄러운 몽돌이나 더 예쁜 조개껍질을 주워서 즐겁기는 하지만, 자기 앞에 펼쳐진 저 드넓은 진리의 대양에 대해선 아는 바가 하나 없는 그런 어린애 말이다."

계몽주의 시대 인물답게 자신을 한껏 낮춘 가운데 엄숙하고 근엄하며 진지하기 짝이 없다. 그런데 그와 정반대의 인물인 리처드 파인먼도 바닷가 사색을 한다.

"나는 바닷가에 홀로 서서 생각하기 시작한다. 파도가 밀려온다. (……) 저 산더미 같은 분자들 (……) 무수히 나뉜 채로 (……) 저마다 바보같이 제 일밖에 모르는데 (……) 그럼에도 하얀 포말을 같이 만들고 있다."

파인먼의 사색에는 분자니 단백질이니 DNA니 하는 것이 등장한다. 이는 뉴턴의 바닷가 사색에는 등장하지 않는 것이다. 왜냐하면 뉴턴 시대에 비해 과학이 획기적으로 발전한 오늘날엔 같은 바닷가에 섰더라도 사색의 내용이 달라질 수밖에 없기 때문이다. 그럼에도 그때나 지금이나 여전한 것은 자연의 경이로움과 그 앞에 선 인간의 사색이다.

아무도 아는 바가 없다는
사실을 갑자기 깨달았다.
그때부터 나는 스스로 생각하기
시작했다. 아니 그보다 나
스스로 생각할 수 있다는 것을
알게 되었다.

에른스트 F. 슈마허

055

우리 인간은 사유의 능력은 타고났어도 사유하는 법은 후천적으로 습득한다. 시행착오를 겪으며 스스로 익히는 사람도 있겠지만, 공교육 체제가 갖춰진 국가에서는 대부분 학교 교사를 통해 배운다. 이는 사유하는 방법에 관한 통일된 매뉴얼과 레퍼런스가 존재하며, 우리가 그에 따라 사유하는 법을 배운다는 말이다.

에른스트 프리드리히 슈마허는 그 매뉴얼과 레퍼런스를 비유적 의미에서 "사유의 지도"라고 불렀다. 우리는 그 지도를 읽는 법을 배우고 난 뒤 그 지도를 가지고 살아간다. 그런데 이 지도에 오류가 있다면 어떻게 될까? 아무리 열심히 지도를 보고 길을 찾아가려고 해도, 길을 잃고 방황할 수밖에 없다.

슈마허는 일찌감치 그 지도에 문제가 있다는 것을 알아차렸다. 학생 시절, 그가 교사에게 어떤 질문을 했는데, 교사가 그에 대해 우물거리며 자신 없어하는 태도를 보였던 것이다. 어린 그의 눈에도 그 모습이 너무 여실하여 그는 놀라움과 동시에 어떤 깨달음을 얻었다. 그 누구도 확실히 아는 사람이 없으므로, 나 스스로 생각하지 않으면 안 되겠구나. 이런 각성 끝에 그는 학교에서 주어진 낡고 진부한 '사유의 지도'를 찢어 버리고, 자신만의 '사유의 지도'를 새로 그려 나가기로 했다.

슈마허는 현대 기술 문명과 물질주의를 신랄하게 비판하고 대안을 제시한 경제학자였다. 그의 책 제목이기도 한 "작은 것이 아름답다"라는 문장은 환경 문제와 지속 가능한 개발 문제를 사람들에게 널리 각성시키는 하나의 모토가 되기도 했다. 그처럼 자본주의가 무서운 기세로 성장하던 시대에 그 폭주를 경계하고 나름의 대안을 제시한 경제학자는 매우 드물었다. 이런 남다른 통찰은 일찍이 자신만의 사유의 지도를 갖고 있었기에 가능한 일이었다.

허영은 사유의 죽음이다.

루트비히 비트겐슈타인

056

철학자 비트겐슈타인은 죽음이나 세속적 욕망 앞에서 초연했다. 유럽에서 손꼽히는 재산가였던 아버지로부터 막대한 유산을 물려받았으나 그는 그 일부를 가난한 예술가와 작가에게 몰래 나눠주는 등 재물에 큰 관심이 없었다.

1차 세계대전이 일어났을 때, 그는 특권층인 데다 신체상 군복무 면제 대상임에도 자원입대하였다. 거기서 그치지 않고 최전방 복무, 심지어 포병 부대 관측병으로 적진 깊숙이 들어가야 하는 위험한 임무에도 자원하였다. 이런 그의 태도를 두고 어떤 이는 "특권층의 초연한 마조히즘"이라고 표현하기도 했다.

생사를 넘나들며 전장을 누빈 비트겐슈타인은 수차례 무공훈장을 받으며 진급에 진급을 거듭했다. 그런 와중에도 꾸준히 철학적 사유를 전개했으며, 이를 공책에 정리해 나갔다. 그뿐 아니라 동료 병사의 일상이나 성격을 관찰한 내용도 기록했다. 역사상 가장 참혹한 전쟁터 한복판에서도 관찰과 사유를 멈추지 않았던 것이다.

그는 포탄 소리나 아기 울음소리 같은 크고 작은 소음으로 사색에 방해를 받은 적이 없다고 했다. 단 한 가지 그의 철학적 사유를 방해했던 것이 있는데, 바로 허영이었다. 비트겐슈타인은 사람들에게 인정받고 존경받고 싶어 하는 허영이야말로 진정한 사유의 방해물이라고 했다. 그러면서 "사유 속에 평화가 깃드는 것. 이것이 철학하는 자가 열망하는 목표"라고도 했다.

욕망이 잦아든 자리에 진정한 사유가 깃드는 것인지, 아니면 진정한 사유가 깃드는 자리에 욕망이 잦아드는 것인지, 그 선후를 딱 잘라 말하기 어렵지만, 비트겐슈타인의 사유가 다른 무엇보다 욕망의 적멸과 더불어 이루어졌던 것은 분명해 보인다.

생각의 자유가 없다면
언론과 행동의 자유는
아무런 의미가 없다.
그리고 의심의 자리가
없다면 생각의 자유란
존재하지 않는다.

버건 에반스

057

버건 에번스는 영어학자이자 회의주의자였다. 그는 예로부터 내려오는 사람들의 망상을 파헤치고 헛소리에 알레르기를 일으키는 사람을 위한 면역제를 제공하겠다며 『허튼소리의 자연사』와 『귀신 씻나락 까먹는 소리와 그 밖의 허튼소리』The Spoor of Spooks, and Other Nonsense와 같은 책을 쓰기도 했다. 여기서 그가 소개한 사례 가운데 하나가 1917년 "잊힌 기념일"이라는 신문 기사가 미국 사회에 불러일으킨 논란이다.

이 르포성 기사에 따르면, 1850년에 미국에서 애덤 톰슨이라는 사람이 최초로 욕조를 사용했는데, 이 사실을 알게 된 당시 대중은 경악을 금치 못했고 의사들도 목욕이 건강에 해롭다며 우려를 표했다고 한다. 이 기사를 접한 후세 미국인들은 그들의 선조가 그토록 무지했다는 사실에 경악했다.

그런데 이 기사는 평론가 헨리 루이스 멩켄이 재미 삼아 지어낸 가짜 뉴스였다. 훗날 멩켄이 사실을 실토했지만, '욕조 이야기'는 이미 미국인의 뇌리에 하나의 도시 전설로 자리 잡은 뒤였다. 이야기가 자극적이고 선정적일수록 사람들은 그 말을 더 믿는 경향이 있다는 것을 이 해프닝은 여실히 보여 주었다.

에번스는 이 일화를 소개하면서 문명사회의 인간이라면 어떤 얘기의 선정성에 휘둘릴 것이 아니라 일단 회의적인 태도를 취한 뒤, 그에 대한 믿을 만한 증거를 요구하는 것이 일종의 도덕 책무라고 했다. 우리는 방종을 경계하고자 행동의 자유에 책임이 따른다는 말을 하는데, 생각의 자유도 마찬가지인 것이다. 에번스에 따르면, 생각의 자유에 부과되는 책임이란 다름 아닌 의심이다. 행동의 자유는 그 결과로 사후 책임을 지듯, 생각의 자유는 의심으로 사전 책임을 져야 한다.

서두르는 자는 생각할 수도
성장할 수도, 심지어 썩어
없어질 수도 없다. 유아기
상태에 영원히 박제되는 것이다.

에릭 호퍼

058

에릭 호퍼는 대공황기를 거치며 30여 년간 떠돌이 부랑자로 지내거나 막노동 일꾼을 하다가 쉰이 넘은 나이에 『맹신자들』이라는 책을 썼다. "대중운동의 본질에 관한 생각"이라는 부제에서 보듯, 학계에서 다뤘음 직한 전문 주제인데 정작 그는 학위는커녕 대학 문턱에도 가 본 적이 없었다.

그러나 변변한 학력만 없었을 뿐, 그만큼 책을 읽고 생각을 했던 사람은 드물었다. 가구를 만드는 사람이었지만 독서를 좋아해서 집에 제법 많은 책을 갖고 있었던 아버지의 영향으로, 그는 아주 어릴 때부터 책이라는 물건과 독서라는 행위에 익숙했다.

한번은 떠돌며 갖은 고생을 하다 한곳에 붙박여서 일할 수 있는 안정된 일자리를 얻은 적이 있었다. 그런데 그는 일 년 정도 일을 안 해도 될 만큼 돈이 모이자 바로 그 일자리를 그만둬 버렸다. 책을 읽고 공부하며 중간 중간 산책이나 하기 위해서였다.

이처럼 그는 떠돌이 노동자로 하루 벌어먹고 하루 잠자리 얻는 삶에서도 조급함이 없었다. 미래에 대해 조급한 것이 없고 궁하면서도 넉넉한 그의 태도는 어린 시절에 일찌감치 만들어진 것이었다. 대대로 수명이 길지 않은 집안에서 태어난 호퍼는 어릴 때부터 마흔 살까지밖에 살지 못할 테니 아등바등할 필요가 없다는 말을 인이 박이도록 들었다. 어른들의 우스개를 계시처럼 받아들인 덕에 그는 어떤 식으로든 서두르는 법이 없었다.

그러다 보니 그에겐 구경꾼처럼 자기 삶조차 멀리 두고 바라보는 버릇이 생겼다. 굶기를 거듭하던 떠돌이 시절에도 사흘 이상 아무것도 먹지 못하게 되면, 그것을 힘들어하기보다 굶주린 자신의 모습을 관조하며 그 굶주림을 잊곤 했다. 결국 서두르지 않는 그의 관조적 태도가 독서 습관과 더불어 그를 무학의 통찰로 이끌지 않았을까 싶기도 하다.

더는 의심할 게 없다며 그에
대한 생각을 놓아 버리는 것은
우리 인간이 가진 치명적
성향이다. 인간이 저지르는 오류
가운데 반은 여기서 비롯한다.

사유도 일종의 버릇이라 어릴 때부터 좋은 버릇을 들이는 것이 중요하다. 그런 점에서 철학자 존 스튜어트 밀이나 물리학자 리처드 파인먼은 일찍이 그들의 아버지로부터 사유하는 법을 제대로 익혔다고 할 수 있다.

존 스튜어트 밀의 아버지는 공리주의 철학자인 제임스 밀이다. 그는 아들에게 다음 두 가지를 강조했다. 첫째, 어설프게 매듭을 짓고서 문제를 해결했다고 생각하지 말 것. 둘째, 전체를 다 이해하기 전에는 그 부분에 해당하는 것을 완전히 이해했다고 생각하지 말 것. 그리고 리처드 파인먼의 아버지인 멜빌 파인먼은 평범한 직장인이었지만 아이에게 제대로 된 사유법을 가르쳤다는 점에서 제임스 밀 못지않다. 그 역시 아들에게 다음 두 가지를 강조했다. 첫째, 이름만 아는 것과 진짜 아는 것은 다르다는 것을 명심할 것. 둘째, 권위를 부정할 것.

아버지 파인먼이 무엇보다 권위를 부정해야 한다고 한 것은 인간은 누가 더 낫거나 못한 것 없이 똑같은 한계를 지니고 있으므로 권위 때문에 마땅히 의심해야 할 것을 의심하지 못하는 일이 생기면 안 되기 때문이다. 또한 이름만 아는 것과 진짜 아는 것이 다르다고 한 것은 사람들은 어떤 사물이나 현상을 가리키는 이름만 알면 그것을 이해했다고 착각하기 때문이다. 예를 들어, 어떤 현상을 보며 '관성의 법칙'이라는 이름을 댈 수 있다고 해서 그가 그 물리 법칙을 이해했다고 볼 순 없다는 말이다.

사실 두 사람이 강조한 바는 다음과 같이 요약할 수 있다. 스스로 온전히 깨칠 때까지는 자의든 타의든 의심을 함부로 거두지 말 것. 불확실성과 의심이야말로 과학의 중요한 가치라고 한 리처드 파인먼은 이런 말도 했다. "발전하기 위해서는 무지를 인지하고 의심의 여지를 남겨 두는 것이 무엇보다 중요하다."

지금은 내게 없는 것을
생각할 때가 아니야.
지금 가진 것으로
무엇을 할 수 있는가를
생각할 때지.

어니스트 헤밍웨이

060

바다는 변화무쌍한 데다 위력이 가공하여 바다 한가운데로 나서는 인간은 금기를 지니지 않을 수 없다. 그런 금기 가운데 하나가 쓸데없는 말이다. 그러다 보니 말 대신 생각에 잠기기 일쑤인데, 이마저도 조심해야 할 때가 있다.

헤밍웨이의 『노인과 바다』에는 "지금은 ~을 생각할 때가 아니다"라는 문장이 두 번 나온다. 수만 갈래로 갈라지는 생각을 다 잡아 하나의 생각에 몰입하고자 할 때, 주인공 노인이 뇌는 일종의 주문 같은 것이다.

노인은 자신이 바다에 나온 이유를 말하며 처음 이 표현을 사용했다. 돈 많은 어부는 라디오를 가지고 출어할 수 있으니 배에서 야구 중계도 들을 수 있겠다는 부러운 생각이 들던 즈음 그는 이렇게 자신을 다잡았다.

"지금은 야구를 생각할 때가 아니야. 지금은 딱 한 가지만 생각해야 할 때지. 내가 태어난 이유이기도 한 커다란 청새치 잡는 일을."

우여곡절 끝에 잡은 청새치를 배에 매달고 오다가 상어의 공격을 받을 때, 노인은 또 한 번 이 표현을 사용한다. 상어 떼가 청새치를 물어뜯기 시작하고 노인이 상어들을 쫓기 위해 갖은 수단을 쓰던 중 진작 챙겨 오지 못한 물건이 생각날 때였다.

"지금은 내게 없는 것을 생각할 때가 아니야. 지금 가진 것으로 무엇을 할 수 있는가를 생각할 때지."

그러나 생각이 곁가지로 빠지지 말아야 한다는 다짐도 가장 결정적인 순간엔 아무런 의미가 없다. 거친 바다와 난폭한 상어와 맞설 때, 그는 고기를 지켜야 한다는 일념에서 초인적 투쟁을 벌인 게 아니었다. 그 순간엔 행동만 있을 뿐 생각을 하나로 다잡기 위한 일념조차 존재하지 않았다.

생각한다는 것은
'아니요!'라고 말하는 것.

에밀 오귀스트 샤르티에(필명 '알랭')

061

『알랭의 행복론』의 저자로 널리 알려진 알랭은 필명이며, 본명은 에밀 오귀스트 샤르티에였다. 그는 『알랭의 행복론』 말고도 다양한 주제로 여러 권의 책을 냈는데, 그중 하나가 『종교론』이다. 특히 그는 이 책의 「허울 앞에 선 인간」이라는 장을 통해 이성과 신앙의 문제를 특유의 파격적이면서도 명료한 문체로 풀어 나간다.

신앙에서 진정한 믿음이란 무엇일까? 알랭은 이에 앞서 생각이란 무엇인가부터 얘기하고 넘어간다. 왜냐하면 그는 이성으로, 즉 바른 생각을 통해서만 진정한 믿음에 다가갈 수 있다고 보기 때문이다. 무엇보다 그에게 생각이란 '아니요'라고 말하는 것이다. 오직 잠든 자만이 고개를 끄덕이고, 깬 자만이 고개를 가로저을 것이라는 비유를 들며 이토록 그가 '아니요'를 강조하는 것은 그 대상이 바로 허울이기 때문이다.

자연에서든 사회에서든 그리고 종교에서든 우리가 속임에 넘어가고 허위에 휩싸이게 되는 이유는 그것이 가진 허울을 뚫고 참된 바를 제대로 보지 못하기 때문이다. 아무리 참된 교리를 가진 종교라도 우리가 그것에 대해 생각하지 않는다면, 즉 '아니요'라고 말하지 못한다면, 그 교리는 오류에 빠질 수밖에 없고 신앙도 잘못된 길로 갈 수밖에 없다.

그런데 '아니요'라고 말해야 한다고 해서 기성 체제에 무조건 반대하라는 것은 아니다. 그것은 반성하고 되물어야 한다는 의미이며, 우리는 그런 과정을 통해서만 실체를 제대로 볼 수 있다. 해가 동쪽에서 떠서 서쪽으로 진다고 해서 해가 지구의 둘레를 도는 게 아닌 것처럼, 우리 자신도 어떤 모습으로 비친다고 해서 그것이 우리의 실체는 아니다. 실체를 제대로 이해하려면 그 허울을 뚫고 봐야 하는데, 바른 수단은 생각밖에 없다.

어떤 비통이든 일부는
비통의 그림자거나 그에 대한
생각으로 이루어져 있다.

C. S. 루이스

062

비통은 마음의 고통이다. 육체적 고통은 신경에 의해 빚어지지만, 비통은 생각에 의해 빚어진다. 극심한 슬픔은 우리 생각에 스며들어 고통을 증폭한다.

기독교 알레고리 소설 『나니아 연대기』의 저자 C. S. 루이스는 오랫동안 독신이었다. 그러다 예순 가까운 나이에 미국의 시인 조이 그레셤을 만나 사랑하고 결혼했다. 그러나 결혼 당시 그레셤은 골수암으로 시한부 선고를 받은 상태였다.

3년의 짧은 시간. 그레셤의 병세가 기적처럼 호전되며 두 사람은 생의 황혼에서 아름다운 신혼을 보냈다. 그러나 그레셤의 병세는 다시 악화되었고 아내의 고통을 속수무책으로 바라볼 수밖에 없었던 루이스는 기도에 매달렸다. 간절한 기도에도 불구하고 더는 기적이 찾아오지 않았고, 아내는 세상을 떠났다.

그는 비통에 잠겼다. 처음 몇 달간 그는 혼자 남은 집에서 비통의 그림자처럼 지냈다. 무언가에 취한 듯, 무언가에 머리를 세게 얻어맞은 듯했다. 무엇보다 견디기 어려웠던 것은 생각이었다. 루이스는 마음의 고통은 육체적 고통과 달리 겪는 게 아니라 생각하는 것이라고 했다.

생각에서 벗어날 도리는 없었다. 이에 루이스는 비통을 자아내는 모든 것을 남김없이 생각하고 기록하기로 했다. 그리고 그 기록을 『헤아려 본 슬픔』이라는 에세이로 묶었다. 그렇게 생각하고 글을 쓰면서 그가 마침내 도달한 것은 인간의 고통에 대해 납득할 만한 신의 해명이 아니었다. 답은 없었다. 다만 그는 고요하되 결코 비정하지 않은 눈길만 느낄 뿐이었는데 그 눈길은 이런 말을 하는 듯했다.

"나의 아들딸이여, 평화의 안식을 바라노니. 너희는 결코 이해할 수 없으리라."

한발 물러서서 생각하는 게
잘못된 일은 아니다. 여러
현인의 말을 추리건대 사유와
폭력은 동시에 행할 수 없다지
않는가.

수전 손택

063

2003년, 손택이 『타인의 고통』이라는 에세이를 출간한다. 이 책은 이미지 과잉 시대에 타인의 고통이 담긴 이미지를 향한 우리의 이율배반적 반응과 도덕적 딜레마를 다룬 문화비평서다.

이미지 과잉 측면에서 보자면, 저마다 스마트 모바일 기기를 장착한 오늘날, 지구상의 거의 모든 일은 개개인의 단말기로 실시간 전송된다. 전쟁과 자연 재난의 현장으로부터 전달되는, 타인의 고통이 담긴 잔혹한 이미지는 더욱 생생하며 즉각적이 되었다.

따라서 이 책에서 손택이 제기하는 문제의식은 더 큰 시의성을 띠게 되었다. 우리는 타인의 고통이 담긴 이미지를 포르노처럼 말초 신경을 자극하는 하나의 이미지로만 소비하고 있는 것은 아닌지, 그런 이미지를 더 쉽게 접할 수 있는 환경이 되면서 이미지 속의 생생한 고통에 점점 더 무감각해지는 것은 아닌지 묻게 된다. 물론 그런 이미지를 통해 관망의 태도로 타인의 고통에 연민을 품을 수도 있겠지만, 손택은 그렇게 한 번 연민을 품은 것으로 자신의 도덕 책무를 다했다고 여기면 안 된다고 말한다.

이에 손택이 제시하는 대안은 관망이 아닌 관조다. 보고 돌아서면 잊어버리는 관망이 아니라 보되 생각하며 깊은 여운을 간직하는 관조가 타인의 고통을 바라보는 우리의 자세가 되어야 한다는 것이다. 세상의 고통을 조금이라도 덜기 위한 실천에 당장 나설 수는 없더라도, 당사자가 아니고서야 그 고통을 끝끝내 공감할 수 없다는 사실을 냉정히 인정하는 가운데 적어도 고통받는 이를 마음에서 헤아리기라도 해야 한다. 그래야 사유와 폭력은 동시에 행할 수 없다는 옛말처럼 타인에게 고통을 줄 수 있는 폭력에 가세하거나 동조하는 쪽에 서지 않을 수 있기 때문이다.

나와 같은 유형의 인간에게
본질적인 것은 무엇을 생각하고
어떻게 생각하는가에 있지,
무슨 일을 하고 어떤 시련을
겪는가에 있지 않다.

알베르트 아인슈타인

064

1949년, 예순일곱을 맞은 아인슈타인이 지인의 권유로 자신의 인생에 관한 글을 쓰기로 한다. 사람들은 두툼한 한 권의 자서전이 나오리라 기대했는데, 정작 나온 것은 자서전치곤 너무 짧은 50여 쪽 분량의 글이었고, 제목도 『자전적 비망록』이었다. 내용도 시시콜콜한 인생사가 아니라 그가 한 일원으로 궤적을 같이했던 현대 물리학의 간추린 역사였다.

그는 이 비망록을 '부고'라고 불렀는데, 자기 얘기라고 해 봤자 신문 부고 기사에 실리는 내용 그 이상도 이하도 아니라는 이유에서였다. 그는 자기와 같은 유형의 사람이 자서전을 쓴다면, 무슨 역경을 헤치고 어떤 일을 해냈다는 말보다 무슨 생각을 어떻게 했는가에 대한 말을 주로 할 것이라고 했다.

어릴 때부터 아인슈타인은 자기 세계에 들어가 혼자 생각하는 것을 즐겼다. 시간 낭비라며 사람들과 말도 잘 안 하고, 학교생활에도 잘 적응하지 못했다. 그런데 바로 이런 기질 덕분에 그는 국가 교육이나 종교 같은 기존 질서에 기만당하지 않고 자유로운 생각을 할 수 있었다. 그리고 그의 자유로운 사색은 사사로운 일이 아닌 우주의 비밀을 푸는 일에만 쏠려 있었다.

"나와 같은 유형의 인간이 스스로 성장하는 계기는 주된 관심사가 당장 눈앞의 개인적인 것에서 벗어나 사물에 대한 개념적 이해를 추구하는 쪽으로 방향이 바뀔 때이다."

생의 마지막 순간, 아인슈타인은 병원에 실려 가면서도 공식이 떠올랐다며 계산할 종이를 갖다 달라고 했다. 이처럼 자유로운 생각에서 시작하여 그 생각으로 성장하고 끝내 생각으로 갈음한 것이 아인슈타인의 삶이다.

배우기만 하고 생각하지
않으면 미혹에 빠지고,
생각만 하고 배우지 않으면
위태롭다.

공자

065

"내용이 없는 사고는 공허하고, 개념이 없는 직관은 맹목이다."
김용옥은 칸트의 유명한 언명을 가져와 저 구절을 설명한다. 배우기만 하고 생각하지 않는 것은 개념이 없는 직관과 같은 것이라 미혹에 빠지거나 맹목에 이를 수밖에 없고, 생각만 하고 배우지 않으면 내용이 없는 사고와 같은 것이라 위태롭거나 공허할 수밖에 없다는 것이다.

이 비교가 그럴듯하다면, 공자가 말하는 학學이란 직관 또는 경험으로 얻은 내용, 곧 지식을 가리키며, 사思란 개념과 사고, 즉 추론을 가리키는 것이 된다. 공자의 이 말을 이보다 생생한 불교의 비유를 가지고 좀 다른 관점에서 헤아려 볼 수도 있다.

보조국사 지눌은 수도 생활의 교범으로 『계초심학인문』誡初心學人文이라는 책을 썼고, 거기서 "뱀이 물을 먹으면 독이 되고, 소가 물을 먹으면 우유가 된다"라는 말을 했다. 어리석은 배움은 생사를 헤매게 하고 지혜로운 배움은 큰 깨달음을 이루게 한다는 말로, 같은 가르침을 받더라도 배움의 자세에 따라 가르침의 결과가 나뉜다는 뜻이다. 여기서 뱀과 소는 배움의 자세 가운데 각각 어리석은 배움과 지혜로운 배움을 가리킨다.

물이라는 가르침은 똑같아도 한쪽에선 독이 되고 다른 한쪽에선 우유가 된다. 공자는 배움과 생각을 구분하고 그 둘의 균형을 강조하지만, 불교에선 배움과 생각을 유기적으로 엮어, 오염되지 않은 깨끗한 물을 마셔야 하는 것은 물론 그 물을 어떻게 마시느냐도 중요하다고 본다. 지식이든 음식이든 빈 연료통에 연료를 채우듯 주입할 수 있는 것이 아니기 때문이다.

그럼 뿌리가 뭐냐? 생각함이다.

함석헌

일제 식민지 치하에서 오산학교 교사가 된 함석헌은 조선의 젊은이에게 역사를 가르치게 되었다. 그러나 고난의 시대를 살고 있는 젊은이에게 예로부터 고난으로 점철된 이 땅의 역사를 어떻게 가르쳐야 할까? 그가 보기에 조선의 역사는 바퀴의 가운데 축이 부러진 상태나 다름없었다. 그리고 바퀴의 중축이 부러졌다는 것은 정신을 잃어버렸다는 말과 같았다.

젊은 사람에게 이 고난이 희망 없는 시련이 아니라는 것을 알려 주기 위해선 그들의 정신을 다시 세워야 했다. 함석헌에게 그 방편은 역사책을 쓰는 것이었다. 역사를 통해 왜 우리가 그런 고난을 겪었는가 그리고 어떻게 그 고난으로 더 단단해질 수 있는가를 그들에게 말해 줘야 했다. 그리하여 써낸 책이 독창성에서 앞으로 다시없을 『뜻으로 본 한국역사』였다.

"모든 문제는 정신의 문제다"라고 본 함석헌은 우리 역사가 고난의 역사인 까닭으로 우리에게 "생각하는 힘이 모자란다. (……) 깊은 사색이 없다"를 꼽았다. 왜 우리는 생각하는 힘이 모자랄까? 함석헌은 그 문제를 나무의 뿌리에 비유해 설명한다.

"뿌리가 뭐냐? 생각함이다. 어디다 박으란 말이냐? 사실의 대지에다 박으란 말이다 (……) 중요한 것은 그 사실을 삭여서 살로 만드는 사색이다."

개인의 삶이든 민족의 삶이든 사람의 살림이 제대로 꾸려지기 위해서는 뿌리를 잘 내리고 있어야 한다. 뿌리는 나무가 자리를 잡고 설 수 있도록 해 주는 기둥이며, 양분을 빨아올리는 생명의 원천이기 때문이다. 그러나 우리는 오랫동안 그 뿌리가 부실했다. 불가항력의 환경 탓이라 둘러댈 수도 있겠지만, 스스로 생각하지 않는 것을 두고 남 탓만 할 순 없는 노릇이다.

생각할 줄 알고,
기다릴 줄 알며,
먹는 것을 절제할 줄 안다면,
누구나 놀라운 일을
행할 수 있고 원하는 바를
얻을 수 있습니다.

헤르만 헤세

067

헤르만 헤세는 『싯다르타』에서 그만의 부처를 따로 창조한다. 따라서 작품 속 주인공 싯다르타는 석가모니 부처의 궤적을 따르지 않고 그의 길을 간다. 이때 그 길을 가는 데 필요한 것은 외부의 어떤 명령에 복종하지 않고 내면 저 깊숙한 곳에서 울리는 은밀한 목소리를 따르는 것이다.

그러나 외부의 명령에 복종하지는 않더라도 속세를 등지지 않는 한 외부와의 관계는 완전히 단절할 수 없다. 깨달음을 얻은 사람일지라도 세상 한가운데에 있는 한 단 한 순간도 그에 휩쓸리지 않을 수 없는 것이다. 아무리 정신을 차리려 해도 속세에서 자기 내면 저 깊숙한 곳에서 울리는 은밀한 목소리를 가려내 듣기란 쉬운 일이 아니기 때문이다.

싯다르타는 격랑의 속세에서 평정심을 유지하며 내면의 목소리에 귀를 기울일 수 있는 방편을 말한다. 이는 창녀 카말라가 자기에게서 사랑이 무엇인가를 배우고자 한다면 좋은 옷과 돈이 있어야 하는데, 당신은 그것을 어떻게 마련할 것이냐는 물음에 대한 답이기도 했다. "생각할 줄 알고, 기다릴 줄 알며, 먹는 것을 절제할 줄 알면 됩니다." 선뜻 이해하지 못한 카말라가 과연 그것으로 어떻게 원하는 바, 즉 세속의 물질을 얻을 수 있냐고 되묻는다. 이에 싯다르타가 자신을 삼인칭으로 부르며 설명한다.

"물속에 돌을 던지면, 그 돌은 최적의 궤적을 그으며 빠르게 물밑으로 가라앉습니다. 싯다르타가 목표를 가지거나 결심을 할 때도 이와 같지요. 그가 특별히 하는 건 없어요. 기다리고 생각하고 먹는 것을 절제만 할 뿐이지요. 그러면 물속에 던져진 돌처럼 그가 굳이 무언가를 하지 않아도 거칠 것 없이 세상을 헤치고 나아갑니다."

젊은이를 타락시키는 가장
확실한 길은 그로 하여금 자신과
다른 생각을 하는 사람보다
비슷한 생각을 하는 사람을 더
높이 치도록 만드는 것이다.

프리드리히 니체

068

"자신의 아침, 자신의 구원, 자신의 아침놀을 맞이할 것을 알기에, 그는 자신의 긴 어둠과 이해할 수도 없고 감춰져 있는 수수께끼 같은 일을 감수했던 것은 아닐까."

『아침놀』 서문에 적힌 이 구절을 대할 때면, 무언가를 두고 긴 밤 홀로 분투하다 마침내 다가온 상쾌한 새벽 기운과 아침놀을 맞을 때의 벅찬 감흥이 떠오른다. 그런데 우리는 긴 밤 땅속 깊숙한 곳에서 홀로 무슨 작업을 했던 것일까? 그것은 "수천 년 동안 우리 철학자가 든든한 토대로 삼았던 낡은 신념을 조사하고 파고들어" 그 토대를 무너뜨리는 작업이었다.

낡은 신념이라는 것은 오래되어서 낡은 것이라기보다 새로운 것을 받아들이지 않기에 낡은 것이며, 자신의 권위를 부정하려는 일체의 것을 거부하기에 낡은 것이다. 그리고 새것처럼 보여도 등장하는 순간 이미 낡아 버린 것도 있다. 오늘날, 자기 계발이라는 이름으로 퍼지는 성공의 일반 공식이 한 예다. 이것이야말로 참신하고 획기적인 방법이라고 외치는 순간 그것은 낡은 것이 돼 버린다. 어떤 사람이 이러저러해서 성공했다고 한다면 그 비결은 이미 그만의 것으로 낡은 것이 될 수밖에 없기 때문이다.

『이상한 나라의 앨리스』에서 앨리스가 갈림길에 이른 적이 있다. 나무에 체셔 고양이가 앉아 있길래 앨리스가 "어느 쪽 길로 가면 좋겠니?"라고 물었다. 고양이가 어딜 가려는 거냐고 되묻자, 앨리스는 자기도 모르겠다고 했다. 그러자 체셔 고양이가 말했다. "그럼 아무 쪽으로나 가."

모두를 위한 정해진 길과 정해진 생각이 따로 있는 것처럼 그쪽으로 사람을 몰아가는 세상도 안타깝지만, 이 길이 맞는지, 이 생각이 맞는지 묻기만 하는 사람도 안타깝긴 마찬가지다.

Think different!

스티브 잡스

069

1976년에 애플을 창업한 스티브 잡스는 1986년에 자신이 만든 회사에서 쫓겨났다가 1996년에 돌아왔다. 다시 애플을 이끌게 되었을 때 그가 자신의 경영 철학을 담은 슬로건을 궁리하는데, 광고 크리에이터들과 논의를 하면서 특유의 꼼꼼함과 독선으로 이끌어 낸 슬로건이 바로 '싱크 디퍼런트!'Think different!였다.

무엇보다 'Think'라는 표현은 당시 IT 업계 공룡이었던 IBM을 겨냥한 것이었다. IBM의 모토 'Think'에 애플이 'Think Different'라는 슬로건을 들이민 것은 '우리는 너희와 다르다'는 도발이었다. IBM의 싱크가 효율성을 강조하는 것이었다면, 애플의 싱크는 독창성을 강조하는 것이었다. 그리고 이는 IBM뿐 아니라 과거의 애플과도 차별을 두는 다름이었다. 이제 그가 다시 이끌 애플은 그렇게 모든 부분에서 달라야 했으며, 그 출발은 '싱크 디퍼런트!'라는 구호에서 비롯되는 것이었다.

이 구호가 들어간 광고 내레이션을 스티브 잡스가 직접 녹음한 것도 있었는데, 정작 광고에는 쓰이지 않았다. 그러나 2011년 10월 9일, 애플 캠퍼스에서 열린 그의 추모식에서는 그가 읽어 내려가는 내레이션이 스피커를 통해 흘러나왔다.

"미친 자, 부적응자, 반항아, 문제아. 사각 구멍에 원통 말뚝 같은 존재. 세상을 다르게 보는 사람. 그들은 규칙을 못마땅해하며 현실에 안주하지 않습니다. 그들의 말에 동의할 수도 반대할 수도 있고, 그들을 칭송할 수도 경멸할 수도 있습니다. 단 그들을 무시할 순 없습니다. 그들은 바꾸는 사람이니까요. 그들은 인류가 앞으로 나아가도록 합니다. 그들을 미친 사람 취급하는 이도 있겠지만, 우리가 보기에 그들은 천재입니다. 세상을 바꿀 수 있다고 믿는 이야말로 세상을 바꾸는 사람이니까요."

모두 같은 생각을 하는 게
능사는 아니다. 경마가
가능한 건 사람들 생각이 다
다르기 때문이다.

마크 트웨인

070

마크 트웨인의 소설 『얼간이 윌슨』은 각 장이 경구 한두 줄로 시작된다. 그 경구는 『얼간이 윌슨의 책력』이라고 하는 가상의 책자에서 따온 것으로 이 또한 마크 트웨인이 지어낸 것이다. 경구의 내용은 해당 장과 그리 깊은 관련이 없지만 트웨인 특유의 재치가 유감없이 드러난다.

이 인용문을 보면, 역시나 마크 트웨인이 쓴 『톰 소여의 모험』의 한 장면이 떠오른다. 톰이 동네 아이들이 모두 꺼리는 페인트칠을 앞다퉈 하도록 만드는 담벼락 페인트칠 장면이다. 쏘다니며 놀기 좋은 화창한 여름날, 톰 소여는 울타리를 칠해야 했다. 혼자 할 엄두가 안 난 톰이 다른 친구들을 붙잡고 선물로 회유하며 대신 칠을 시켜 보려 하지만, 모두 내빼기 바쁘다. 톰은 궁리를 하다 한 가지 꾀를 낸다. 뭔가를 애타게 하고 싶도록 만들려면 그것을 쉽게 손에 넣을 수 없도록 해야 한다. 그렇게 하려면 페인트칠에 대한 아이들의 생각을 뒤바꿔 놓아야 했다.

그래서 톰은 일단 친구들이 가까이 와도 아쉬운 소리를 하긴커녕 알은체도 하지 않고 칠이 세상에서 가장 재미있는 일인 양 칠에 몰두하기로 한다. 마침 한 친구가 다가와 이 좋은 날 담장 칠을 해야 하는 톰을 골려 주려 하지만 톰은 아랑곳하지 않고 오히려 자기가 하는 건 일이 아니라며 튕겨 준다.

"야, 애들이 울타리를 칠할 기회가 날이면 날마다 있는 줄 아냐?"

이 한마디에 일과 놀이에 대한 생각은 역전되고 하나둘 모여들던 아이들은 이제 서로 경쟁적으로 페인트칠을 하겠다고 나서며, 심지어 톰에게 '뇌물'까지 건넨다. 결국 톰은 사람들의 고정된 생각에 균열을 냄으로써 경쟁을 유발하고 그 경쟁을 제 이익에 부합하도록 유도하는 데 성공한다.

우리는 '생각할 수 없는 것'을
생각할 수 있어야 합니다.

제임스 윌리엄 풀브라이트

07

세계가 두 진영으로 나뉘어 벌어진 냉전은 1962년 10월에 발생한 쿠바 미사일 위기로 절정에 달했다. 천만다행으로 위기는 넘겼으나 이를 계기로 세계는 무언가 근본적인 대책이 필요하다는 생각을 갖게 되었다. 그런 상황에서 미국 상원 의원인 제임스 풀브라이트는 다음과 같은 연설을 했다.

"우리는 '생각할 수 없는' 생각마저 생각할 수 있어야 합니다. 급변하는 복잡한 이 세계에서 우리에게 주어진 모든 선택의 여지와 가능성을 일일이 짚어 볼 줄 알아야 합니다. 반대의 목소리를 반길 줄 알고 두려워하지 말아야 합니다. 생각지도 못한 일이 벌어지면 우리의 생각은 멈춰 버리고 행동은 갈피를 잡지 못합니다. 그렇기 때문에 우리는 '생각할 수 없는 것'을 생각할 수 있어야 하는 것입니다."

인류는 핵무기를 매우 제한적으로 경험하긴 했지만, 그것이 전면전에 사용될 경우 어떤 파국을 초래할지 상상조차 할 수 없는 지경에 이르렀다. 이런 전대미문의 상황 앞에서 통념, 즉 뻔한 생각으로는 해결책을 찾을 수 없다. 일찍이 아인슈타인은 핵 문제와 관련하여 그 문제를 만들어 낸 것과 같은 수준의 사고를 가지고는 그 문제를 해결할 수 없다는 말을 하였다.

"통제할 수 없는 원자의 힘은 우리의 사고를 제외한 모든 것을 바꿔 놓았다. 우리는 기존 개념으로 이해할 수 없는 혼돈을 향해 휩쓸려 가고 있다. 이러한 때, 인류가 살아남기 위해 절실한 것은 완전히 새로운 사고방식이다."

이처럼 아인슈타인이 말하는 '완전히 새로운 사고방식'은 의미상 풀브라이트가 말하는 '생각할 수 없는 것을 생각할 수 있는 능력'과 크게 다르지 않다.

슬기로운 생각은 이미 다
생각된 것이다. 우리가
할 일은 그것을 다시 생각해
내는 것이다.

요한 볼프강 폰 괴테

072

괴테의 『빌헬름 마이스터의 편력시대』는 단편소설, 서간문, 아포리즘, 시 등의 여러 장르가 혼재된 작품이다. 그 가운데 2권 말미에 177개의 아포리즘으로 이루어진 구성이 바로 "예술, 윤리, 자연에 관한 편력자들의 성찰"이며, 인용문은 바로 첫 경구에 해당한다.

하늘 아래 새로운 것이 없듯 생각도 그러하리라는 말이다. 하지만 혁신이란 기존에 없는 것을 만들어 내는 것이라기보다 기존의 것에 어떻게 새로운 역할과 의미를 부여하는가와 더 깊은 관련이 있다. 그리고 그 새로운 역할과 의미는 각자가 재량껏 부여할 수 있다.

세상의 지식과 지혜에 더 이상 새로운 것이 없을지라도 우리가 그 지식과 지혜를 다시금 생각해 내는 것이 그저 동어반복에 불과하지는 않다. 제아무리 많은 사람이 이미 생각한 것이든 아니든 내가 생각하는 것이 중요하기 때문이다. 내가 경험 속에서 직접 겪고 깨달은 지식과 지혜만이 온전히 내 안에 뿌리를 내릴 수 있다. 그런데 누가 나를 대신하여 세상을 살아 줄 수 없는 것처럼 누가 나를 대신하여 생각해 줄 수 없음에도 우리는 이미 생각된 생각을 생각 없이 가져다 생각한다.

더불어 이 경구가 또 한 가지 경계하는 바가 있다. 그렇게 자신의 경험 속에서 깨닫고 뿌리를 내린 지식과 지혜라 할지라도 그것은 이미 세상의 다른 슬기로운 자도 다 스스로 깨닫고 뿌리를 내린 지식과 지혜라는 것이다. 그러니 자기 몫의 생각에 충실할 뿐, 새삼 우쭐댈 일은 아니다.

발견이란 남이 다 보는 것을
보면서 아무도 생각하지
못한 것을 생각해 내는 것이다.

알베르트 폰 센트죄르지 너지러폴트

073

센트죄르지는 비타민C와 세포 호흡을 발견한 생리학자로 1937년에 노벨 생리의학상을 수상했다. 그는 『사이언스』에 논문이 아닌 독자 의견 형식의 흥미로운 글 한 편을 기고했다. 과학자가 연구비 지원을 받기 위해서는 심사를 하는 쪽에서 보기에 그럴싸한 연구 계획서를 작성할 수 있어야 하는데, 자신과 같은 유형의 과학자는 그런 요건을 충족시키기 어렵다는 내용이었다. 이는 단순히 연구비를 받을 수 있느냐 없느냐의 문제를 지적하는 것이 아니라 그들의 연구 스타일이 애초에 연구 계획서로 가치와 성과를 판단하기 어렵다는 문제를 지적하는 것이었다.

그는 과학자를 크게 아폴론 유형과 디오니소스 유형으로 나눈 예를 소개하면서, 아폴론 유형은 기존의 것을 잘 다듬어 완벽을 기하는 데 더 집중하는 과학자라면, 디오니소스 유형은 직관에 의지한 채 예기치 않은 새로운 길에 더 이끌리는 과학자라고 설명한다. 그리고 아폴론 유형의 과학자에 비해 디오니소스 유형의 과학자가 정말 못하는 것이 바로 연구 계획서 작성이라고 말한다. 자신이 앞으로 무엇을 발견하게 될지, 어떻게 하면 그것을 발견할 수 있는지 전혀 감을 잡지 못하는 그들이 무슨 연구 계획서를 제대로 작성할 수 있겠냐는 것이다.

디오니소스 유형의 과학자는 연구 계획에 기대지 않고 주로 '우연한 관찰'에 기댄다. 물론 '우연'에만 맡긴다는 말이 아니다. 그 우연을 위한 준비가 필요하다. 준비란 연구 계획을 짜는 것이 아니라 모든 것이 혼재되어 서로 모순되고 비정합적으로 보이는 현상으로 어둠을 헤집듯 들어가는 것을 말한다. 디오니소스 유형의 과학자에게 과학적 발견이란 이런 과정을 거치며 오랫동안 숙고하던 사람이 맞닥뜨린 우연의 결과물인 것이다.

다양성이란 스스로 함께
생각할 줄 아는 것이다.

맬컴 포브스

074

맬컴 포브스는 『포브스』라는 잡지를 아버지로부터 물려받아 오늘날과 같은 저명한 잡지로 키워 낸 사람이다. 그가 했던 말 중에는 유명 어록에 포함될 정도로 재치 있고 영감 넘치는 말이 많은데, 놀랍게도 출전이 확인된 말은 거의 없다. 저 인용문도 그렇게 출처 불명으로 떠도는 말 가운데 하나이지만, 다양성의 의미를 이렇게 말끔하고 신선하게 정의한 것이 또 있을까 싶다.

본디 다양성은 관용의 문제와 맥이 닿아 있다. 둘 다 비슷한 문제의식에서 출발하지만, 둘 사이엔 미묘한 차이가 있다. 관용이 인간이라면 누구나 갖고 있는 보편적 허물을 보듬는 것이라면, 다양성은 인간이 갖고 있는 상대적 차이를 인정하는 것이다. 따라서 관용의 문제는 인간이라면 누구나 저지를 수 있는 지적, 윤리적 허물을 합리적 사고와 윤리적 성찰로 풀어 나가야 하는 것이지만, 틀림이 아닌 다름을 인정해야 하는 다양성의 문제는 생각의 요령만 바꿔도 얼마든지 풀어 나갈 수 있다.

맬컴 포브스의 말에서 핵심은 '스스로'independently와 '함께'together라는 병렬된 두 개의 부사다. 다양성의 문제를 대할 때, 나의 생각은 환경적 요인에 의하든 기질적 요인에 의하든 기본적으로 편향될 수밖에 없다. 이런 편향은 대부분 정보와 경험의 부족에서 비롯한다. 따라서 이를 극복하기 위해서는 일단 다른 사람에게 휩쓸리지 않고 '스스로' 생각하는 것이 필요하고, 그 생각이 갖는 한계를 보완하기 위해 '함께' 생각하는 것이 필요하다. 결국 우리가 자기 독단과 집단의식에 휩쓸리지 않고 다양성을 인정하는 삶을 살기 위해서는 '스스로 생각하기'와 '함께 생각하기'가 필요한 것이다.

삶으로 생각하는 법을 배우지,
생각으로 사는 법을 배우지
않아요.

알렉산드르 게르첸

075

알렉산드르 게르첸은 러시아의 사상가이자 혁명가다. 그런 그가 가욋일처럼 쓴 소설이 『누구의 죄인가』라는 작품이다. 불행한 결혼과 파탄에 대한 이야기를 다루고 있어서 얼핏 풍속소설처럼 보이나 실은 사회적 문제의식을 담은 러시아 최초의 사회소설이다.

그는 사람이 삶에서 안정을 찾지 못하고, 재능을 가진 이가 그 능력을 제대로 발휘하지 못하는 이유를 농노제와 전제주의에 기반한 당시 제정 러시아의 사회 체제에서 찾았다. 예를 들어, 작품에 등장하는 젊은 지주 벨토프도 남다른 지성과 고귀한 이상을 가진 인물이지만 사회적 한계 때문에 '잉여적 존재'로 지내고 있었다.

하루는 이런 벨토프를 보며 주치의가 건강에 유의하며 생활을 절제할 필요가 있다고 에둘러 충고하자, 벨토프는 그렇게까지 하면서 오래 살 이유가 있냐며 따지듯 되물었다. 다시 주치의가 서구 철학자의 책을 너무 읽다 보니 그런 궤변을 늘어놓는 것 같다며 핀잔을 주자, 벨토프는 그러한 생각을 서구 낭만주의자에게서 무비판적으로 가져온 것이 아니라며 이렇게 대답했다.

"나는 러시아 사람이에요. 삶으로 생각하는 법을 배우지, 생각으로 사는 법을 배우지 않아요."

이 말만큼은 소설가 게르첸의 말이라기보다 슬라브 민족주의 사상가 게르첸의 말이며 그의 바람이다. 게르첸은 소설의 형식을 빌려 러시아 사회의 구조적 모순과 그로 인해 왜곡된 러시아인의 삶을 비판하면서도, 러시아인의 주체적 사고방식만큼은 긍정적으로 바라보았다. 비록 현실의 모순으로 생각이 왜곡되는 일도 있겠지만, 그럴망정 러시아인은 관념에 끌려다니는 삶을 살지는 않는다는 것이다.

위험한 생각이란 없다.
생각 그 자체가 위험한 것이다.

한나 아렌트

076

죽음을 부르는 탄압에는 '불순한 사상'이라는 말이 마치 극형을 받아 마땅한 죄목처럼 따라다녔다. 1973년, 피노체트 군부가 아옌데 민주 정권을 쿠데타로 무너뜨렸을 때, 군인들은 시인 네루다의 집에도 쳐들어왔다. 안토니오 스카르메타의 『네루다의 우편배달부』를 보면, 이때 네루다는 이렇게 말했다. "뒤져 보게. 우리 집에서 가장 위험한 것이 있다면 그건 시詩일 걸세." 정치 군인들이야 네루다 집에서 무슨 반쿠데타 모의가 담긴 문건을 찾아 그를 탄압할 작정이었겠지만, 종이에 쓰인 시 나부랭이쯤이야 했을 것이다.

어떤 면에서 생각과 시는 같다. 불순한 생각이 없듯 불순한 시도 없다. 그저 생각 자체와 시 자체가 불순하다면 불순하고 위험하다면 위험하다. 겉으로는 거역하지 않고 굽이치고 돌아가고 맴도는 것 같지만 은밀히 스며들어 기어이 제 길을 가고야 마는 것이 생각과 시의 메타포가 아닐까. 직설은 의식에서 대부분 걸러지지만 메타포는 무의식까지 거뜬히 스며들어 끝내 제 힘을 발휘하기 때문이다. 그렇다면 정말 위험한 것일 수 있다. 그래서 수전 손택은 질병보다 질병의 메타포(생각)가 더 무섭다고 했는지 모른다.

불순하다며 사상과 표현을 억압하더라도 생각 자체를 없앨 수 없는 한, 인간의 생각과 말은 압사되어 가루가 되지 않고 메타포가 되어서라도 스며든다. 그리고 메타포가 되면 직설의 언어로 정의할 수 없던 새로운 갈망이 무의식에서 의식으로 솟아오른다. 스카르메타의 말마따나 "모든 언어가 찾아 헤매고, 고대하고, 적합한 이름으로 명명하지 못해 주변만 맴돌거나 침묵함으로써 명명하던 것"이 메타포가 되어 비로소 얼굴을 가진다면 이보다 더 가공할 만한 것이 어디에 있겠는가.

다른 어떤 원칙보다 더 우리가
지지해야 마땅한 원칙이 있다면
그것은 사상의 자유라는
원칙이다. 우리와 같은 생각을
가진 이를 위한 사상의 자유가
아니라 우리가 싫어하는 생각을
가진 이를 위한 사상의 자유다.

올리버 W. 홈스 주니어

077

"의회는 국교를 정하거나 자유로운 종교 활동을 금지하는 법률을 제정할 수 없다. 또한 언론과 출판의 자유 그리고 평화적인 집회를 할 권리와 불만 사항을 구제받고자 정부에 청원할 권리를 제한하는 법률을 제정할 수 없다."

1791년에 보완된 미국 수정헌법 제1조의 내용이다. 200여 년 전에 헌법으로 성문화되었지만, 이 조항이 미국 사회에 제대로 뿌리를 내리기까지는 오랜 시간이 걸렸다. 그 지난한 역사에서 하나의 이정표가 된 것이 다음 판결이었다.

1929년 5월 27일, 미국 연방 대법원은 훗날 수정헌법 제1조와 관련하여 역사적 판례로 남을 사건 가운데 하나인 미합중국 대 쉬위머 사건에 최종 판결을 내렸다. 연방 대법원에서는 한 달여의 심의를 마치고 로지카 쉬위머의 상고를 기각했다.

로지카 쉬위머는 헝가리 출신의 평화주의자며 여성 참정권을 주장하는 진보 운동가였다. 유럽에서 활동하던 그는 헝가리에서 일어난 쿠데타로 신변이 위태로워지자 미국으로 넘어와 귀화 신청을 하였다. 그러나 심사 과정에서 미국을 위해 총을 들 수 있느냐는 질문에 그는 평화주의자의 확고한 신념에 따라 '나는 무기를 들 수 없다'라고 답했고, 이로 인해 귀화 신청이 거부되었다. 이에 반발한 그는 소송을 제기하였고 이 사건은 끝내 대법원까지 가게 되었다.

비록 최종 판결은 6대3으로 원고의 패소나 다름없는 기각으로 나왔지만 이 판결은 사상의 자유에 관한 사람들의 인식을 다시 한 번 돌아보게 만들었다. 그 결정적 계기가 된 것은 판결 자체가 아닌 판결문에 첨부된, 우리와 다른 생각을 가진 이의 사상의 자유를 보호해야 한다는, 인용문에서 볼 수 있는 올리버 홈스 판사의 소수 의견이었다.

우리는 항상 다른 사람의
자유를 생각해야 한다. 다르게
생각하는 사람의 자유를
인정하는 것만이 진정한 자유다.

로자 룩셈부르크

078

20세기 초 유럽은 지구 전체를 뒤흔든 격동의 시발점이자 주무대였다. 격동에 불을 지핀 것은 서구 자본주의의 모순과 해결책을 둘러싼 각종 이념과 그것을 현실 속에서 구현하려는 온갖 정치 활동이었다. 격동의 시대였던 만큼 내로라하는 수많은 인물이 역사의 무대로 쏟아져 나왔고 그들은 새로운 인물과 새로운 세력에 의해 하루살이처럼 명멸했다. 하지만 이런 혼란 속에서도 로자 룩셈부르크만큼 어떤 타협도 거부한 채 자본과 계급의 억압 그리고 국적과 성차별의 속박에서 벗어난 진정한 의미의 인간 해방을 한결같이 추구했던 혁명가는 드물었다.

독일에서 활동하다 투옥된 그에게 1917년 2월과 10월에 일어난 두 차례의 러시아 혁명은 기쁜 소식이었다. 그는 혁명을 성공적으로 이끈 레닌과 트로츠키에게 경의를 표했고 큰 기대를 걸었다. 그러나 10월 혁명 직후 레닌이 이끄는 볼셰비키당이 제헌 의회를 구성하는 총선에서 실패하자 의회를 아예 해산해 버렸다. 프롤레타리아의 이름으로 혁명을 했건만 진정으로 그들에게 권력을 부여하는 의회를 무력화했으니 레닌은 스스로 자기 믿음을 배반한 꼴이 됐다. 이에 로자 룩셈부르크는 감옥에서 『러시아 혁명 레닌주의냐 마르크스주의냐』라는 팸플릿을 쓰면서 이 점을 비판했다.

"정부를 지지하는 세력에게만, 그리고 (그것이 다수당이라할지라도) 한 정당의 당원에게만 주어지는 자유는 결코 자유가 아니다. 오직 그리고 언제나 자유란 다르게 생각하는 사람을 위한 것이다. 이는 '정의'라는 강박적 개념 때문이 아니다. 정치적 자유는 다르게 생각하는 사람을 위한 것일 때 이롭고 건전하며 순수한 것이 되는 반면, '자유'가 하나의 특권으로 자리할 때는 그 효과가 사라지기 때문이다."

자신의 지성을 벼리는 유일한
수단은 어떤 것에 대해서도
단정하지 않는 것이야. 특정
생각이 아닌 모든 생각에 마음의
통로를 열어 놓는 것이지.

존 키츠

일찍 부모를 여의고 그나마 자신들을 돌봐 주던 할머니까지 세상을 떠났을 때, 존 키츠의 나이는 열여덟 살이었다. 제 앞가림만으로도 버거울 나이에 세 명의 동생까지 책임져야 하는 가장이 되었다. 그나마 외과 의사 수련을 받으며 현실의 어려움에서 벗어나는가 했으나 그는 그것이 자신의 길이 아니라며 시인의 길로 바꿔 들어섰다. 그의 나이 스물한 살 때였다. 그리고 그는 스물다섯 살에 결핵으로 세상을 떠났다. 결국 글을 쓰는 데 그에게 주어졌던 삶의 시간은 채 5년도 안 되었다.

그 시간 동안 그가 주로 쓴 것은 시였지만 시 못지않게 많이 쓴 것이 편지였다. 그에게 편지는 그리운 가족이나 연인에게 안부를 묻고 전하는 서간인 동시에 지혜의 잠언집이자 비평 이론서이기도 하였다. 그의 가장 중요한 창작 원리인 '소극적 수용력'Negative capability을 처음 역설한 것도 바로 두 동생 조지와 토머스에게 보낸 편지에서였다.

그에 따르면 사람은 무언가 불확실하고 애매한 것이 있으면 잘 견디지 못한다. 특히 합리주의적 이성은 당장 그것을 분석하여 만족스러운 해답을 찾을 수 없으면 그것을 무의미하거나 쓸모없는 것이라고 판단한다. 그러나 키츠는 예술적 아름다움을 추구하는 사람이라면 이 불확실하고 애매하며 신비에 싸인 듯한 상태를 그대로 받아들일 줄 알아야 한다고 말하는데, 이것이 바로 '소극적 수용력'이다.

이처럼 '소극적 수용력'은 사물과 현상을 바라볼 때, 선입견이나 편견이 끼어들 여지를 최소화하려는 태도다. 결국 만사에 척척박사로 구는 것만큼 반예술적인 태도도 없다.

진정 이 세상에서 나라는
물건만큼 나의 생각을 사로잡는
것은 아무것도 없었다.

헤르만 헤세

헤르만 헤세의 『싯다르타』는 세상의 지혜를 배우는 1부와 스스로 지혜를 찾아가는 2부로 나뉜다. 싯다르타는 금욕과 고행의 사문 수행자들과 가우타마 붓다로부터 배운다. 그리고 자신의 길을 가야 한다는 깨달음을 얻는다. 세상에 어떤 훌륭한 스승과 가르침이 있을지라도 자기의 길을 가지 않으면 아무 의미가 없으며 자기의 길을 가기 위해서는 먼저 자기를 알아야 한다는 것이다.

"진정 이 세상에서 나라는 물건만큼 나의 생각을 사로잡는 것은 아무것도 없었다. 내가 살아 숨 쉰다는 것, 다른 누구도 아닌 바로 내가 나라는 것, 싯다르타라는 것, 이런 수수께끼보다 나의 생각을 더 사로잡는 것은 없었다. 그리고 나라는 것, 싯다르타라는 것, 이것에 대해서보다 내가 더 무지한 것은 이 세상에 없었다."

싯다르타가 처음 구도의 길을 떠난 것은 근본적으로 자아를 찾기 위해서였다. 그러나 자아를 찾는다고 하면서 그는 점점 자아에서 멀어지고 끝내 자아를 잃어버리는 지경에 이르렀다. 개별 생명의 본체라고 하는 아트만에서도, 우주의 원리라고 하는 브라만에서도 자아를 찾을 길이 없었다. 왜냐하면 나에 대해 제대로 생각해 본 적이 없었고, 나에 대해 무지하면서도 무지하다는 것을 몰랐기 때문이다.

그러면서 싯다르타는 세계와 자아라는 책이 있다고 할 때, 기호와 문자는 그저 의미를 전달하기 위한 도구라고 무시한 채 그 이면의 의미만 찾아 읽으려 했던 것이 가장 큰 잘못이었음을 깨닫는다. 자아는 문자와 의미가 동시에 구현된 존재로서 문자만 있는 것도 아니며 의미만 있는 것도 아니었다. 찬찬히 글자를 새기며 그 의미를 헤아리는 과정, 그것이 삶이었다.

자신을 어떻게 생각하느냐가
자신의 운명을 결정, 아니
암시한다.

헨리 데이비드 소로

081

1845년 7월 4일, 스물여덟 살의 헨리 데이비드 소로는 매사추세츠주 콩코드 지역에 있는 오지 숲에 들어가 2년 2개월 하고도 2일 동안 자급자족의 삶을 살면서 두고 온 물질문명의 세상을 돌아본다.

세상 밖으로 나와 세상 안을 관찰하니 그 안의 사람들은 스스로 노예가 되었으며, 구태의연한 과거의 삶을 아무 생각 없이 답습하고 있었다. 자기 내면에 존재하는 신성을 발현하기는커녕 자기 자신을 통제하는 노예 감독관 노릇이나 하며, 새 시대를 맞았음에도 낡은 삶의 방식을 비판 없이 그대로 따르고 있었다.

그리고 문제가 있다는 것을 알면서도 사람들은 해결책을 모색하기보다 변명만 늘어놓았다. 사회 속에서 무리를 지어 살다 보면 어쩔 수 없이 남의 눈을 의식해야 하기에 그럴 수밖에 없노라며. 그러나 소로가 볼 때, 사회 속에서 타인의 이목에 신경을 쓰며 살든 말든 그것이 우리 삶에 미치는 영향은 크지 않다. 오히려 우리 삶에 지대한 영향을 미치는 것은 스스로에 대한 생각이다. 나를 생각하지 않고 나의 삶을 제대로 살 도리가 없기 때문이다.

하지만 우리는 대부분의 시간을 스스로에 대한 생각보다 세상과 타인에 대한 생각으로 보낸다. 세상 눈치를 보고 타인의 시선을 늘 의식한다. 그러다 보니 만사를 불가항력의 세상 탓으로 돌리고 절망적인 삶을 어쩔 수 없는 운명인 양 꾸역꾸역 살아 나간다. 이럴진대 자기 안의 신성을 찾아 발현하기는커녕 스스로 옭아맨 노예의 사슬조차 풀어내지 못한다.

생각하는 사람이 누릴 수
있는 지고한 행복이란
헤아릴 수 있는 것은
헤아리면서, 헤아릴 수 없는
것엔 은근한 경외감을 가질 수
있다는 것이다.

요한 볼프강 폰 괴테

생각은 사물과 현상의 이치를 헤아리는 정신 활동이다. 그 이치를 헤아릴 때 우리는 지고의 기쁨을 느낀다. 그런데 괴테는 걷어 내지 못한 수수께끼가 그보다 훨씬 더 많고 위대하다는 것을 깨달을 때의 기쁨도 그에 못지않다고 한다.

칸트도 비슷한 얘기를 한다. 칸트 철학은 크게 앎에 관한 것, 욕망에 관한 것, 감정에 관한 것으로 나뉜다. 첫 번째 것은 지식과 진리의 문제를 다루고, 두 번째 것은 덕과 의무의 문제를 다루며, 세 번째 것은 아름다움과 숭고의 문제를 다룬다.

이 가운데 첫 번째 것과 두 번째 것은 보편적 개념을 가지고 특수한 개별 사실을 규정한다. 즉 개념이나 도덕 법칙을 가지고 사물과 현상을 파악하는 것인데, 이는 괴테의 표현을 빌리자면 "헤아릴 수 있는 것을 헤아리는" 작업이다. 그런데 칸트의 세 번째 철학 영역은 이 두 영역과 아주 다르다. 과학적 사실을 판단하는 지성이나 윤리적 가치를 판단하는 이성으로는 "헤아릴 수 없는" 영역이기 때문이다.

칸트는 헤아릴 수 없는 것의 예로 인간의 지각으로는 감당하기 어려운 저 광대한 우주와 태풍이나 화산 폭발과 같은 가공할 자연 현상을 들었다. 이런 압도적 현상을 접하면 우리의 상상력과 사유는 전기 충격을 받은 듯 마비 상태가 된다. 그럼에도 칸트는 우리에겐 그것마저 헤아릴 수 있는 능력이 있다고 보았다.

그에 반해 괴테는 헤아릴 수 없는 대상 앞에 서서 그것을 경외의 눈길로 바라보는 것만으로도 충분했다. 헤아릴 수 없어도 그는 지고의 행복을 느꼈다. 이는 그가 모든 것을 설명해야만 한다는 강박을 가진 철학자가 아니었기 때문이다.

사유의 세계에서 제아무리
번득이는 영감일지라도 사실의
세계에서 그 상대를 찾아야
비로소 온전한 것이 된다.

들뢰즈

한 통계에 따르면, 어린아이가 세상에 대한 호기심을 잔뜩 안고 이것저것 물어보기 시작할 때, 가장 많이 물어보는 질문이 "하늘은 왜 파래요?"라고 한다. 그 질문에 바른 답을 준 사람은 1820년에 아일랜드에서 태어난 물리학자 존 틴들이었다. 그도 아이 때 저 질문을 던지고 훗날 스스로 답을 찾은 것인지는 알 수 없으나 적어도 그의 의문은 지나가는 호기심에 그치지 않았다. 그는 대기 중의 먼지와 기타 입자에 빛이 산란되어 하늘의 색깔이 만들어진다는 것을 알아내었던 것이다.

그가 하늘이 파란 이유를 과학적으로 밝힌 것은 사유를 통해 영감을 얻고 그것을 자연에서 입증한 결과였다. 그는 한 학술 모임에서 '과학적 물질주의'라는 주제로 강연을 하면서 이와 같은 직관과 검증의 문제를 다룬 적이 있다. 그 논의의 핵심은 어떤 미지의 현상이 있다고 할 때, 과학자는 직관을 통해 그런 현상이 일어나는 이치를 추정하고 나중에 그것을 실증해야 한다는 것이다.

모름지기 과학적 탐구 정신을 가진 이라면 파란 하늘을 보면서 단순한 경탄이나 소박한 의문에 머무르지 않고 그 이치를 헤아리고자 해야 하며, 그를 위해서는 무엇보다 영감이나 직관에 의거한 가설을 세워야 한다. 그런데 가설을 세운다는 것은 사유의 세계에서 이미 알려진 지식을 가지고 저 미지의 경계 너머로 희미한 한 줄기 사유의 빛을 던지는 일이다. 그렇게 던져진 빛이 사실의 세계에서 그 이치를 찾아 밝힐 때, 과학적 발견이 이루어지는 것이다.

점점 더 나는 초자연적이거나
영적인 것이 아닌 내면의 평화와
더불어 선하고 가치 있는 삶을
사는 것이 무엇인지를 생각하게
된다.

올리버 색스

084

올리버 색스는 신경의학자였다. 그리고 자신의 임상 경험을 바탕으로 책도 여러 권 썼다.『아내를 모자로 착각한 남자』,『화성의 인류학자』같은 책은 뇌병변장애를 가진 환자의 흥미로운 임상록이 아니라 인간의 보편적 고통에 대한 연민의 기록이다. 그랬던 그가 2015년 1월에 간암 말기 진단을 받았고 그해 8월에 여든둘의 나이로 세상을 떠났다. 그는 세상을 떠나기 보름 전까지 이따금『뉴욕타임스』에 칼럼을 썼는데, 그 글들은 그가 세상에 남기는 마지막 글이자 스스로 쓴 부고가 되었다. 마지막 칼럼「안식일」의 한 대목이 바로 저 인용문이다.

"이제 기력도 쇠하고, 숨도 가쁘며, 한때나마 딴딴했던 근육도 암에 녹아내리고 있다. 점점 더 나는 초자연적이거나 영적인 것이 아닌 내면의 평화와 더불어 선하고 가치 있는 삶을 사는 것이 무엇인지를 생각하게 된다. 또한 그때가 되어 자신에게 주어진 일을 다 했다고 느끼며 홀가분한 마음으로 안식에 들 수 있는, 7일째가 되는 삶의 안식일에 대해서도 점점 더 많은 생각을 하게 된다."

알츠하이머를 앓는 노인이 많아지고 있다. 이 병의 가장 큰 고통이라면 서서히 기억을 잃는 데 있지 않고, 자신의 삶을 돌아보고 마무리를 짓는 생의 마지막 사색을 할 수 없다는 데 있지 않을까 싶다. 올리버 색스는 비록 말기암의 고통에 휩싸여 있었지만, 명징하게 생각할 수 있는 능력을 마지막까지 잃지 않았다. 그는 다른 칼럼에서 이렇게 썼다.

"무엇보다 나는 이 아름다운 별에서 지각 있고 생각하는 동물로 살아왔다. 이는 내게 더없이 큰 특권이었으며 모험이었다."

곰곰이 생각하면 할수록 경탄과
경외의 마음이 늘 새로이
더해만 가는 두 가지가 있으니,
바로 저 하늘의 반짝이는 별과
내 안의 도덕률이다.

이마누엘 칸트

085

인용문은 칸트의 저 유명한 『실천이성비판』 「맺음말」 첫 문장이다. 그리고 이 문장은 그가 쓴 모든 책에서 가리고 가려 뽑은, 그를 마지막으로 기리는 비문이기도 하다. 칸트가 방대한 비판 철학을 통해 이르고자 했던 꿈은 이 하나의 문장에 완전히 압축돼 들어가 있다.

경탄과 경외의 대상이 되는 하늘의 반짝이는 별과 내 안의 도덕률은 칸트의 표현을 빌리자면, 우리에게 숭고한 감정을 불러일으키는 것이다. 숭고함을 체험하게 되면 그 순간 우리의 상상력은 전기 충격이라도 받은 듯 마비된 채 제대로 된 인식을 할 수가 없으며 하릴없이 무기력해진다.

밤하늘을 바라보다 그 광대무변에 빠져드는 순간, 우리는 자연에서 숭고함을 경험하게 된다. 자신의 존재가 얼마나 하찮은지 깨닫게 되고 그 영원 같은 공간 앞에서 자신의 삶이 하루살이만도 못하다는 자각에 이른다. 그러나 이때 체험하는 숭고함은 도덕률이 불러일으킬 숭고한 체험에 비하면 전조에 불과하다.

외부에서 전기 충격을 준 것과 같던 자연의 숭고함이 이제 우리 안에 내재한 또 다른 숭고함에 불을 붙인다. 한없이 작은 존재였던 우리가 갑자기 저 우주 앞에서 당당해진다. 아등바등 매달리던 세속의 모든 것이 하찮아지고 어떻게든 부지하려는 이 생명이란 것도 대수롭지 않아 보인다.

내 안에 도덕률이 있다는 것을 자각한 순간, 나는 영원한 세계를 확신하게 된다. 나는 더 이상 왜소한 존재도 아니요 하루살이 존재도 아니다. 세상의 다른 모든 미물과 차별되는 신성한 존재가 된다. 자연의 흐름에 휩쓸려 가는 존재가 아니라 도덕적 사명을 가지고 주체적으로 살아가는 자유로운 존재가 된다. 이것이 칸트가 온 생을 다하여 곰곰이 생각한 끝에 도달한 자리다.

어떻게 생각과 타격을
동시에 합니까?

로런스 피터 '요기' 베라

086

20세기 중반에 뉴욕 양키스 팀에서 선수와 코치로 활약했던 로런스 피터 베라는 언제나 도사 같은 소리만 하고 앉아서 동료들 사이에서 '요기'라 불렸고, 결국 이름보다 별명으로 더 알려져 '요기 베라'가 되었다.

"끝날 때까지는 끝난 게 아니다"는 그가 했던 말 가운데 가장 널리 알려진 말이다. 당연히 그의 유명한 말은 대부분 야구와 관련된 것이다. "슬럼프에 빠졌느냐고? 그냥 공을 치지 못하고 있을 뿐이다", "경기의 9할은 반이 정신력이다", "똑같이 할 수 없다면, 따라 하지도 마라". 야구와 직접 관련이 없는 것도 많다. "왜 좋은 여행 가방을 사려고 하지? 여행할 때만 쓸 텐데", "당신이 어디로 가고 있는지 모른다면, 그곳엔 결코 갈 수 없다."

뭔가 알 듯 말 듯하고, 설득당할 듯 말 듯하다. 매우 독특하고 역설적인 철학이 숨어 있어 사람들은 그의 이런 말을 '요기즘'이라고 불렀다. 그나마 인용한 말은 그의 다른 말과 비교하면 '요기즘'이 거의 스며 있지 않은 말인데, 저 말이 나온 배경에 대해서는 이런 얘기가 전해져 내려온다. 한번은 코치가 타석에 나가는 요기에게 다음과 같은 주문을 했다.

"이봐, 요기, 나가서 한 방 날리라고. 슬럼프라는 건 알지만, 타석에서 생각을 너무 안 하는 것 같아. 선구를 하기 전에 생각을 하란 말이야. 배트를 휘두르기 전에도 충분히 생각하라고!"

그러나 요기는 삼진을 당했고, 화가 잔뜩 난 채로 더그아웃으로 돌아와 아무 말도 하지 않았다. 왜 그러나 싶던 코치가 그에게 다가가자 요기가 소리쳤다. "어떻게 생각과 타격을 동시에 합니까?" 그럼에도 그는 월드시리즈 열 번 우승에 MVP에 세 번이나 오른 야구의 전설이면서 동시에 '요기즘'을 창시한 언어의 요기였다.

덧없는 인간들아,
생각은 덧없는 것만 하라.

에우리피데스

087

아폴론이 올림푸스산에서 추방되었을 때, 그를 맞아 준 것은 테살리아의 왕 아드메토스였다. 그의 호의에 감동한 아폴론이 훗날 왕이 이승의 삶을 다할 때 그에게 죽음을 면하게 해 주겠다고 약속한다. 다만, 다른 사람이 대신 죽어야 했는데 정작 그날이 왔을 때 대신 죽을 사람이 없었다. 이때 왕비 알케스티스가 자청한다.

모든 이의 슬픔 속에서 왕비가 죽는 날, 이런 사정을 전혀 모르는 헤라클레스가 아드메토스의 귀한 손님으로 궁에 머물게 된다. 그러나 손님 대접은 극진한데, 궁 전체가 어둡고 슬픈 기색이 가득하다. 누가 죽었나 보다 생각하면서도 헤라클레스는 왕과 왕비가 죽은 것도 아닌데, 왜 이리 호들갑이냐며 자신의 시중을 드는 이를 나무란다. 물론 비극 『알케스티스』에서는 그 죽음이 왕비의 죽음이라는 것을 뒤늦게 알게 된 헤라클레스가 죽음의 신 타나토스와 싸워 알케스티스 왕비를 죽음으로부터 구해 내긴 한다.

이런 신화의 이야기를 떠나서 인간이 죽음에 대해 아무리 생각한들, 그것은 필멸의 인간이 감당할 수 없는 주제다. 그럼에도 인간은 그에 대한 생각을 놓지 못한다. 인간의 가장 큰 비극 가운데 하나인데, 죽음보다 죽음에 대한 생각으로 인간은 더 고통스러워한다. 몸이 땅에 있고 끝내 땅으로 돌아갈 수밖에 없는 인간이 생각하는 건 언제나 영원과 불사니 이런 역설의 비극도 달리 없다. 에우리피데스보다 한 세대 앞 사람인 그리스 서정시인 핀다로스도 「아폴론 축제 경기의 축가 3」에서 이렇게 썼다.

"필멸의 존재여, 영원한 삶을 꿈꾸지 말고 가능의 영역을 극하라!"

아, 얼마나 달콤한 사념이,
그 어떤 원욕이 저들을
쓰라린 길로 끌어갔는가.

단테 알리기에리

088

『단테의 신곡』에서 단테는 베르길리우스 손에 이끌려 지옥의 두 번째 고리에 이른다. 그곳은 음욕 죄를 심판하는 곳이었으며 판관은 미노스였다. 단테는 그곳에서 프란체스카라는 이가 연인 파올로에게 품었던 회한의 사념과 돌이킬 수 없는 길로 그들을 이끌었던 정념에 대한 얘기를 듣는다. 여기서 사념이란 삿된 생각이며 그 삿됨은 음탕함을 이른다. 즉 음욕의 마음이다.

가톨릭교회에선 우리가 생각과 말과 행동으로 죄를 지을 수 있으니 그 셋을 항상 경계해야 한다고 말한다. 말과 행동으로 짓는 죄는 듣는 귀가 있고 보는 눈이 있기에 그 죄를 저지르기 앞서 주춤거리거나 망설이는 시늉이라도 하련만 생각으로 짓는 죄는 스스로가 아니면 아무도 경계해 주는 이 없으니 더 거침이 없을 수 있는 것이다. 그리고 여기서 생각의 죄가 더 중할 수 있는 것이 생각의 죄는 거기에 그치는 법 없이 말과 행동의 죄로 나아가며 그것을 더 부추길 수 있기 때문이다. 파올로와 프란체스카도 서로 사념을 품던 끝에 육체적 정념에 빠져들었고 그렇게 죄악의 길로 들어섰다.

물론 지옥의 두 번째 고리에서 모든 심판이 끝나는 것은 아니다. 더 중한 죄가 있으면 더 깊은 지옥의 나락으로 떨어질 것이나, 일단 미노스의 심판정에서는 생각으로 지었던 죄에 대한 심판과 벌이 주어진다. 그 벌이 다름 아닌 생각 그 자체다. 그래서 프란체스카는 절규한다. "비참 속에서 행복스러운 때를 회상하는 것보다 더한 아픔이 없습니다."

단표누항簞瓢陋巷에 흩은
혜음 아니하니, 아모타,
백년행락百年行樂이 이만한들
어떠하리.

정극인

정극인은 15세기 사람이다. 조선 초기의 학자로 중간에 귀양살이 같은 우여곡절을 겪었으나 나이 일흔까지 벼슬 생활을 하였고 여든 천수를 누렸던 사람이다. 벼슬에서 물러나 유유자적하며 쓴 글을 모은 것이 그의 호를 딴 『불우헌집』不憂軒集이고 그 안의 서정적 가사가 「상춘곡」賞春曲이다. 공명과 부귀가 나를 꺼리니 자연을 벗 삼아 소박한 생활 속에 허튼 생각을 하지 않으면 이보다 더한 행복은 없다는 노래다.

생각이라는 말은 한자어일까, 순우리말일까. 한자어 같아 보이지만 생각은 순우리말이다. 그런데 생각이라는 말보다 앞서 생각을 의미하는 순우리말이 있었다. 혜옴, 혜음, 혜윰 등으로 쓰였던 말이 그것이다. 혜윰이라는 표현이 쓰인 문헌 가운데 가장 오래된 하나가 정극인의 「상춘곡」이다. 물론 정극인이 처음부터 국한문을 혼용하여 지은 것은 아니다. 후대에 와서 국한문 혼용체로 고쳐 간행한 것이고, 18세기 국어표기법을 사용하고 있으니 그즈음 간행된 것으로 본다.

지금은 혜윰이라는 말을 사용하지 않지만, 그 파생어로 보이는 '헤아리다'는 술어의 기능을 하면서 여전히 사용된다. '헤아리다'라는 말에서 '혜윰'의 의미를 헤아리면 크게 두 가지 의미가 있다. 물건 따위의 수를 세는 것과 사람의 마음이나 상황을 미루어 짐작하는 것. 다시 말해 양적인 헤아림과 질적인 헤아림이 있는 것이다. 그런데 정극인에겐 부귀라는 물질적 풍요와 공명이라는 추상적 명예가 다 '홀은 혜음'이다. 이럴진대 우리가 생각을 비운다 하면 그 비움의 대상이 무엇인지 그로선 자명하다.

무념무상은 그저 생각의 자리가 사라진 멍한 경지가 아니다. 괜스레 생의 미련이 남아 부귀와 공명에 연연하다 미치지 못한데 회한에 젖어 드는, '홀은 혜음'을 하지 않는 경지다.

이 백발의 정신이 갈망하는 건
저 너머로 지는 유성처럼
앎을 좇는 것이다.
인간 사유의 극한을 넘어서까지.

앨프리드 테니슨

090

율리시스는 오디세우스의 라틴식 이름이다. 율리시스는 고향을 떠나 10년 동안 트로이에서 전쟁을 치르고 이제 곧 고향에 돌아가는가 했지만, 고향으로 돌아가는 데만 다시 10년의 세월이 걸렸다. 에게해만 건너면 되는 그리 멀지 않은 귀향길이 지중해를 동서로 가로지르다 다시 남북으로 가로지르는 멀고도 험한 여정이 되고 말았다. 이야기 전후로 추정컨대, 마침내 그가 고향 이타카로 돌아왔을 때의 나이는 사십 대 후반 정도 됐을 것으로 보인다.

앨프리드 테니슨의 시 「율리시스」는 그렇게 고향에 돌아온 뒤의 율리시스를 노래한다. 율리시스는 "삶에 삶을 더하듯" 무료한 일상을 보내는 가운데 "녹이 슬고 빛을 잃어 가고" 있다. 그런 나날을 견딜 수 없었던 그는 "방랑을 쉴 수 없기에 인생을 마지막 찌꺼기까지 마시겠노라"라고 외친다. 그리고 머리가 희끗거릴지언정 밤하늘 저 수평선 너머로 지는 유성처럼 인간 사유의 극한을 넘어서까지 지식을 추구하겠노라고 한다.

오늘날, 사람의 정신은 육체보다 먼저 스러진다. 나아진 의료와 영양으로 육신은 더 오래 지탱하나 정신은 그를 따라가지 못한다. 생각의 나침반을 너무 일찍 손에서 놓아 버렸거나 그만 잃어버리고 만 시대가 되었다. 그렇게 육체적으로만 늘어난 인생의 시간을 우리는 끝없는 노욕으로 보낼 뿐이다. 아무리 나이가 들어도 그들에겐 명예가 있고 신에게 맞서 분투하였던 자에게 어울림 직한 일이 아직 남아 있다는 율리시스의 말을 이제는 이해할 길이 없다. 그리고 율리시스의 이런 마지막 외침에도 같이 가슴 벅차오를 길이 없다.

"세월과 운명에 쇠락하였어도, 분투하고 추구하고 찾아내고 굴복하지 않는 의지는 쇠락하지 않았도다."

명예를 잃는다는 생각이 나의
살을 파고든 너의 칼날보다 더
고통스럽구나. 그러나 그런
생각도 인생의 지배를 받으며,
인생은 시간의 지배를 받노니.

윌리엄 셰익스피어

091

역사적 인물인 헨리 퍼시는 잉글랜드 왕국의 귀족으로 용맹스럽고 자부심이 강했다. 처음엔 헨리 4세가 왕권을 잡는 데 이바지한 공신이었으며 이후에도 변방의 야만족을 물리치는 등의 공을 세운 영웅이었다. 한편, 헨리 4세에겐 할이라는 왕자가 있었는데, 할은 술집이나 전전하며 방탕하게 지내는 모자란 왕자였다. 그 둘은 그렇게 정반대의 인물로 마주 비교되었다.

야심을 주체할 길 없었던 헨리 퍼시는 마침내 왕의 자리까지 넘보며 헨리 4세를 몰아내기 위한 반란을 일으켰다. 그런데 놀랍게도 그때까지 천지 분간 못 하고 지내던 할 왕자가 하루아침에 딴사람이 되었다. 제 앞가림도 못할 것 같던 그가 용맹을 떨치며 반란 세력을 진압하기 시작한 것이다.

결국 퍼시가 할 왕자와 일대일 대결을 벌이게 되었을 때도 퍼시는 끝내 할 왕자의 진가를 인정하기 어려워했다. 그러나 그가 인정하든 안 하든 할 왕자는 과거의 그가 아니었으며 결국 퍼시는 대결에서 패하고 만다. 퍼시는 죽음에 이르는 육체의 상해보다 명예의 실추가 더 고통스러웠다. 아니 그에 대한 생각이 그를 더욱 고통스럽게 만들었다.

그런데 육체적 고통보다 더 극심한 생각의 고통, 즉 번뇌를 없앨 길은 시간과 죽음밖에 없다. 퍼시로선 시간 대신 죽음이 먼저 찾아왔을 뿐이나 우리 대부분에게는 시간이 생각의 고통을 잠재운다. 『한밤중, 내 방 여행하는 법』에서 그자비에 드 메스트르는 이렇게 적었다.

"시간이 그 모든 것을 안고 가리라. 그렇게 나를 달랜다. 모든 것을 거두어 가며, 무엇 하나 빠뜨리지 않으리라. 우리가 그를 붙잡으려 하거나 어깨를 밀며 재촉하려 한들 아무 소용 없는 짓. 그의 비상을 방해할 수 있는 건 없다."

그것에 대해 생각한다고
그 생각에 사로잡혀 있을
필요는 없다.

C. 더글러스 딜런

092

생각이라는 말에는 몰입이니 집착이니 하는 말이 곧잘 따라다닌다. 골똘히 생각에 빠져 있다거나 생각에서 헤어 나오지 못한다거나 하는 의미다. 인용문에서 두 번 등장하는 생각이라는 말은 서로 의미가 다르다. 앞의 생각은 어떤 대상을 향하고 있는 것으로 우리가 흔히 알고 있는 생각이지만, 뒤의 생각은 생각 그 자체에 대한 생각이다.

중국 속담에 이런 말이 있다. "슬픔이라는 새가 당신의 머리 위에서 날지 못하게 할 수는 없지만, 당신의 머리에 둥지를 틀지 못하게는 할 수 있다." 그저 생각이 들고 나는 것과 그 생각이 우리 뇌리에 똬리를 트는 것은 전혀 다른 문제다. 백일몽이 아닌 이상 생각은 어떤 문제를 해결하고자 하는 정신 행위일 텐데, 생각이 생각의 대상이 돼 버리면 문제를 해결할 길은 없다. 오히려 생각 그 자체에 매달릴수록 문제는 제자리 맴돌이가 되기 십상이라 끝내 주객이 전도되어 생각 그 자체가 문제가 돼 버릴 수도 있는 것이다.

심려와 사려라는 말에서 '려'慮는 걱정한다는 뜻이다. 우리가 생각 그 자체에 매몰되면 종종 '려'에 이르게 되고, 그때부터 생각은 이성의 범주를 벗어나 문제를 해결하는 것이 아니라 오히려 문제를 더하는 지경에 이르게 된다.

신중하고 사려 깊다는 것이 늘 미덕일 수만 없다. 모든 생각에 대해 일일이 하나하나 따지려는 습성은 효용도 없을뿐더러 의미도 없다. 작가 데이비드 포스터 월리스는 이렇게 말했다. "본질을 따지는 이는 대부분 생각에 집착하는 이다. 그들은 자신의 생각과 강박적이며 건강하지 못한 관계를 맺고 있다."

생각하지 마세요. 생각은
창조의 적입니다.

레이 브래드버리

093

『화씨 451』의 작가 레이 브래드버리는 한 인터뷰에서 자신의 창작론을 다음과 같이 설명한 적이 있다.

"생각하지 마세요. 생각은 창조의 적입니다. 자의식이라든가 그런 종류는 아무짝에도 쓸모없어요. 뭔가를 '해 볼까' 하면 안 됩니다. 그냥 '해야만' 하는 거죠."

그는 세상 모든 것에서 아이디어를 얻는데, 한 아이디어가 어디선가 혜성처럼 떨어지면 그것에 대해 생각하는 바 없이 바로 글을 써 나간다고 했다. 그 즉시 글로 써내지 않고 생각의 채로 거르는 순간 아이디어는 진부해지거나 쓰레기가 돼 버리기 때문이다. 그에게 생각이란 글을 쓰고 난 뒤 그것을 다시 따져 보고 설명하는 과정에서나 필요한 것이다.

한편, 그가 자신의 대표작 『화씨 451』에서 다룬 주제는 생각의 통제와 억압이다. 종이가 불에 활활 타오를 때의 온도를 제목으로 삼은 『화씨 451』은 고대 중국의 분서갱유와 조지 오웰의 『1984』를 뒤섞은 듯한 SF 디스토피아 소설이다. 작품 속 세계에서는 사회를 효율적으로 통제하고자 사람들이 책을 통해 생각을 하고 그로부터 고도의 지식을 쌓는 것을 막고자 한다.

공교롭게도 "생각은 창조의 적"이라고 말하는 것과 생각을 억압하는 디스토피아 사회를 상정하며 그를 비판하는 것은 서로 모순돼 보인다. 하지만 생각은 진眞, 선善, 미美처럼 그 자체로 가치를 지니는 말이 아니다. 생각이라는 말을 사용할 때의 기준과 맥락에 따라 생각은 다양한 가치를 띤다. 따라서 브래드버리의 경우, 생각은 창작에서는 자의식이라는 부정적 의미로 쓰이며, 작품 속에서는 비판적 정신이라는 긍정적 의미로 쓰인 것이다.

침묵해야 할 세 가지가 있으니
첫째는 말이요 둘째는 욕망이며
셋째는 생각이다.

헨리 워즈워스 롱펠로

094

미국의 시인 헨리 워즈워스 롱펠로에겐 존 휘티어라는 동갑내기 고향 친구가 있었다. 둘은 막역하면서도 서로 존경하는 사이였다. 특히 롱펠로는 퀘이커 교도이자 노예해방론자였던 휘티어를 '에임즈베리의 은자'라고 부르며 각별히 대했다.

친구의 일흔 살 생일을 축하하는 자리에서 롱펠로는 「몰리노스의 세 침묵」이라는 제목의 소네트를 지어 친구에게 헌정하고 낭송까지 했다. 몰리노스는 가톨릭 정적주의의 창시자로 알려진 17세기 스페인의 성직자 미겔 데 몰리노스를 가리키는데, 롱펠로가 보기에 친구 휘티어는 몰리노스가 말하는 세 가지 침묵의 본보기였다. 휘티어는 영혼에 어떤 울림이 있을 때만 겨우 침묵을 깨고 무겁게 입을 여는 친구였기 때문이다.

몰리노스의 정적주의가 추구하는 것은 묵상을 통해 영혼의 완전한 평안을 얻는 것이었다. 그는 『영성 안내서』Guía Espiritual 라는 책자를 통해 그 방법을 제시하는데, 무엇보다 온전한 묵상을 위해서는 말과 욕망과 생각에서 침묵을 지켜야 한다고 말한다. 말의 침묵으로 덕을 쌓고 욕망의 침묵으로 평정을 얻으며 생각의 침묵으로 내 안의 번잡을 다스려야 한다는 것이다. 이 세 가지가 모두 고요해질 때, 우리는 이곳이 아닌 저 너머에서 울리는 신비의 소리에 귀를 기울일 수 있으며, 우리의 행위는 가장 진실된 모습을 띨 수 있다.

그리고 몰리노스에 따르면 이 세 가지 침묵 가운데 가장 완전한 침묵은 생각의 침묵이다. 생각이 고요해질 때, 비로소 존재의 중심, 즉 그리스도가 거하는 곳에 이를 수 있기 때문이다.

우리가 그것에 대해 굳이
생각하지 않고서도 사용할 수
있는 중요한 연산 규칙의
개수가 많아지면 많아질수록
문명은 발전한다.

앨프리드 N. 화이트헤드

095

수학자이자 철학자인 화이트헤드가 쓴 책 중에서 그나마 가장 평이하다는 책이 『화이트헤드의 수학이란 무엇인가』인데, 이 책의 한 대목에서 그는 생각에 대한 사람들의 기존 통념을 비판한다. 예를 들어, 많은 사람이 자신이 지금 하고 있는 일에 대해 늘 생각하는 습관을 길러야 한다고 말하지만, 실은 그 반대여야 한다는 것이다. 어떤 일을 할 때, 그 과정을 일일이 생각하면서 한다는 것은 우리 뇌에 불필요한 부하만 주고 효율적이지 못하기 때문이다. 그에 따르면 생각이란 그것이 필요한 결정적 순간에 집중적으로 쏟아 내야 하는 것이다.

수학의 역사만 보더라도 인류가 생각을 경제적으로 한 덕에 수학이 발전할 수 있었다. 아주 오래전, 아라비아 기수 체계가 없을 때는 간단한 곱셈식조차 계산이 만만치 않았다. 그러나 숫자의 발견 덕분에 우리는 뇌의 부담을 많이 덜 수 있었다. 또한 숫자를 추상적이고 일반적인 방식, 즉 기호로 표현하게 되면서 우리 뇌는 좀 더 복잡한 문제에 집중할 수 있게 되었다. 이처럼 기호와 연산 규칙 덕분에 우리는 생각을 경제적이면서도 효율적으로 하게 되었고, 하나의 기예나 다름없는 산술이 공리로 구성된 추상적 구조를 연구하는, 수학이라는 보편 학문이 될 수 있었다.

화이트헤드는 생각을 많이 하는 것이 능사가 아니듯, 생각으로 모든 것을 좌우하려 드는 것도 능사가 아니라고 한다. 우리가 보기에 생각이 앞에서 모든 것을 이끌고 나가는 것 같지만, 사실 우리 인간은 생각부터 하는 존재가 아니라는 것이다. 인류 혹은 한 인간이 성장하는 과정을 보더라도 인간은 생각보다 먼저 행동에 돌입하기 때문이다. 생각은 우리가 행동한 것을 두고 그것이 궤도에서 벗어났는지 아닌지 점검 정도나 할 뿐이다.

생각하는 습관 때문에 현실감이
떨어지곤 하는데, 현실엔
무뎌진 채 자꾸만 생각으로부터
현실을 이끌어 내려 하기
때문이다.

마르셀 프루스트

096

『잃어버린 시간을 찾아서』의 화자 마르셀은 알베르틴을 보자마자 곧 사랑에 빠졌다. 그러나 알베르틴은 연애에서 진득하지 못했으며 시쳇말로 밀당의 고수였다. 마르셀은 알베르틴을 세상의 유혹으로부터 격리시키면 좀 안심이 될까 싶어 감금하듯 자신의 집에 머무르게 하였으나 소용없었다.

마르셀에게 알베르틴은 독립된 존재가 아닌 인형 같은 존재였다. 옷을 바꿔 입혀 다른 역할을 시키듯 그의 변덕에 따라 그때그때 다른 얼굴을 하는 존재였다. 마르셀이 그토록 매달리면서도 그토록 못 견뎌한 것은 자신의 머릿속에서 만들어 낸 알베르틴이었다. 현실 속 알베르틴과의 갈등보다 생각 속 알베르틴과의 갈등이 고조에 달하자 마르셀은 그를 더는 감당할 수 없다고 생각했다. 그리하여 이별을 작정하는데 정작 선수 치듯 먼저 떠나 버린 것은 알베르틴이었다.

이제 사랑할 수도 미워할 수도 없으니 알베르틴에 대한 마르셀의 감정은 더 견디기 어려운 애증이 돼 버렸다. 그리고 불의의 사고로 알베르틴이 죽었다는 비통한 소식을 전해 들었을 때도 그 애증과 질투는 사라지지 않았다. 살아 있을 때와 마찬가지로 그의 생각 속에 남아 있는(그가 생각으로 만든 허구의 인물이나 다름없는) 알베르틴은 여전히 살아 있는 존재였고 여전히 마르셀의 마음을 어지럽혔다.

여기서 벗어날 유일한 길은 알베르틴을 떠올리게 하는 모든 것을 잊는 것인데, 그러려면 그가 사진처럼 기억 속에 남긴 알베르틴의 모든 모습을 지워야 했다. 그러나 아무리 지워도 끝이 없었다. 습관처럼 생각에 빠지는 순간 기억은 저 밑에서 새로운 사진을 또 한 장 끄집어 냈다. 알베르틴은 죽었으나 마르셀에게서 알베르틴은 죽지 않았다. 그저 한 장의 사진이 지워졌을 뿐.

활짝 핀 들꽃에 나는 잠기노니
눈물로는 벅찬 너무도 깊은
사색에.

윌리엄 워즈워스

097

어린아이의 감성을 하나의 형용사로 요약한다면 '벅차다'가 아닐까. 숲과 시냇물에, 무지개와 장미꽃에, 새들의 노래와 메아리에 감정이 북받쳐서 끝내 웃음이든 울음이든 터뜨리고야 마는 것이 어린아이의 감성이지 싶다. 늙은 시인이 어린이는 어른의 아버지라 했던 것은 어린아이의 이런 감성이 어른의 감성에 어버이가 되기 때문이다.

시인은 어린아이를 보면서 늙어 가느라 잊었거나 잃어버린 자신의 어린 시절과 그때의 감성을 되새긴다. 하지만 그럴수록 그는 절망적이 된다. 과거의 그 빛나던 영광은 이제 다시 돌아올 길이 없기 때문이다. 젊음은 되돌릴 수 없다지만 그때의 감성마저 되돌릴 수 없는 걸까? 어린아이를 바라보며 경탄과 비탄을 오가던 시인은 문득 깨닫는다.

"오, 환희여! 이 잉걸불 속에 / 아직 불씨가 살아 있구나 / 그토록 덧없어도 / 자연은 기억하고 있었으니."

"잠에서 깬 진리는 / 멸하지 않으니 / 무심히 굴거나 미친 듯 발버둥 친들 / 어른이든 아이든 / 환희를 거부하는 그 어떤 자도 완전히 폐하거나 파괴할 수 없는 것!"

생물학적으로 어버이의 성품이 아이에게 전해지듯, 어린 시절 그때의 감성은 그 시절과 함께 사라지는 것이 아니라 어른이 된 그에게 그대로 전해져 어딘가에 남아 있는 것이다. 물론 조그만 자극에도 이내 눈물로 터져 나오던 어린 시절의 벅찬 감성은 아니나 늙은 시인은 활짝 핀 들꽃 한 송이에도 깊은 사색에 잠긴다. 늙었어도 아직 인간의 마음을 가지고 있고, 그 마음이 불러일으키는 정겨움과 기쁨 그리고 두려움을 간직하고 있기에.

생각은 병이고,
생각은 종기이고,
생각은 화살이다.

부처

가우타마 부처가 편력을 하던 중 도공의 집에 하룻밤 잠자리를 청하게 된다. 그에 앞서 같은 신세를 지는 사람이 있었는데, 알고 보니 부처의 가르침을 받고자 출가한 이였다. 그러나 부처를 아직 본 적이 없으므로 자기 앞에 있는 사람이 부처인 줄 몰랐다. 출가의 의지가 남다른지라 가우타마는 그 자리에서 그에게 법의 요체를 설하기로 했다. 그렇게 서로 묻고 답하는 가운데 가르침을 마친 부처는 이제 수행의 길로 나서려고 하는 젊은 수행자에게 딱 한 가지 당부의 말을 한다. 생각을 조심하라고. 그러면서 저 말을 한다.

　무엇보다 독화살 비유는 가장 자주 쓰이는 불교 비유 가운데 하나이며 『숫타니파타』에서는 「화살의 경」을 따로 둘 정도다. 불교에서 화살은 번뇌 혹은 욕망을 나타낸다. 부처는 욕망에 사로잡힌 상태를 독화살을 맞은 상태와 같은 것으로 봤다. 그런데 어째서 병과 종기와 화살이 모두 다 생각일까?

　병, 종기, 화살은 각각 독립적인 것으로 인과 관계의 틀에서 묶어서 볼 수 있다. 독화살을 맞아 상처가 났는데, 그 상처를 제대로 치유하지 않아 곪기 시작하면 나중에 큰 병이 되거나 목숨을 앗아 갈 수 있다. 그러나 부처가 보기에 이 각각의 단계는 형태와 이름만 다를 뿐 모두 생각, 즉 헛된 생각이다. 생각은 화살이라는 원인이기도 하며, 병이라는 결과이기도 하며, 중간에서 상처를 곪게 하는 종기이기도 한 것이다. 부처는 생각의 병리적 기전을 설명하기 위해 화살, 종기, 병이라는 단계적 비유를 빌려 왔을 뿐, 결국 처음 상처를 내고, 곪게 하고, 끝내 돌이킬 수 없는 골병에 들게 하는 것은 하나같이 헛된 생각이다.

내 생각들이 죽음과 함께
사라지지 않았으면 좋겠어요.

영화 그랜드

099

사람은 죽어서 이름을 남긴다고 하지만, 호랑이 가죽에 비해 달리 더 쓸모가 있을 것 같진 않다. 사람이 남기는 것 가운데 그나마 그 안에서 가치를 찾을 거리라도 있는 건 생각이 아닐까 싶다. 아스퍼거 증후군이 있는 동물학자 템플 그랜딘 박사는 자기가 살아가는 이유가 생각을 남기는 데 있다고 말한다. 사회에 긍정적 기여를 할 수 있는 생각을 남김으로써 불멸의 존재가 되고 싶다는 것이다.

신경의학자 올리버 색스의 『화성의 인류학자』는 그의 여느 저서와 같이 뇌병변장애 환자가 남과 다른 '생존 조건'에서 어떻게 그들만의 창의적 삶을 꾸리는지 그리고 그것을 통하여 인간의 뇌가 얼마나 신비로운지를 보여 준다. 여러 일화 가운데 '화성의 인류학자' 일화의 장본인은 템플 그랜딘 박사다. 아스퍼거 증후군을 갖고 있는 그는 상대의 마음을 헤아리지 못할 뿐 아니라 인간 사이의 일반적 관례도 전혀 인식하지 못했다. 사람들의 "일반적인 단순하고 강렬한" 감정은 이해해도 복잡하고 미묘한 감정은 이해하지 못했다. 그래서 자신이 다른 행성에 와 있는 외계인 같다며 스스로 '화성의 인류학자'라고 불렀다.

그에겐 세상과 소통할 수 있는 거의 모든 통로가 막혀 있었다. 그는 사람들이 자연을 바라보며 아름다움을 느낀다거나 사람끼리 서로 교감한다는 것을 '머리'로는 알지만, '마음'으로는 공감하지 못했다. 그처럼 세상으로부터 완전히 차단된 상태에서 그가 세상과 소통하고 세상 속에 자신의 흔적을 남길 수 있는 단하나의 길은 오직 생각이었다. 비록 그것은 철저히 논리적이며 과학적인 생각이긴 하지만 말이다.

생각은 가슴이 합니다.
가슴에 두 손을 얹고 조용히
생각합니다.

신영복

100

사유에는 동적인 사유가 있고 정적인 사유가 있다. 동적인 사유라 하면 천천히 걸으면서 하는 사유고, 정적인 사유라 하면 주로 앉아서 하는 사유다. 느리게 움직이거나 멈춰 있어야 우리는 제대로 사유를 할 수 있는 것이다. 그리고 정적인 사유에서 흔한 것은 자리에 앉아 책상에 의지하여 이마나 턱을 괴고 생각하는 모습이다.

그러나 신영복은 영어囹圄의 몸. 자기 한 몸 뉘기도 변변치 않은 공간에 변변한 의자며 책상이 있었을 것 같진 않다. 어쩌다 편지나 쓸 수 있는 쪽상을 받아 들었다 해도 그런 상태로 유유자적하게 생각에 잠길 수 없었을 것이다. 다음 글에서 그가 어떤 자세로 생각에 잠기곤 했는지 미루어 짐작해 볼 뿐이다.

"기상 시간 전에 옆 사람 깨우지 않도록 조용히 몸을 뽑아 벽기대어 앉으면 싸늘한 벽의 냉기가 나를 깨우기 시작합니다. 나에게는 이때가 하루의 가장 맑은 시간입니다. 겪은 일, 읽은 글, 만난 인정, 들은 사정…… 밤의 긴 터널 속에서 여과된 어제의 역사들이 내 생각의 서가에 가지런히 정돈되는 시간입니다."

이런 정황이라면 추위에 두 팔로 무릎을 모아 가슴에 붙이고 앉아 있지 않았을까. 이런 자세로 생각해 버릇했다면 신영복은 말 그대로 두 손을 꼭 가슴에 대지는 않았더라도 비유적 의미에서 두 손을 가슴에 얹고 생각했던 게 아니었을까 싶다.

그는 사유의 자세뿐 아니라 사유의 내용에서도 가슴으로 생각을 했다고 말할 수 있다. 무기징역수가 된 그는 자기 앞에 "무진장한 사색의 원시 광맥"이 놓여 있음을 깨달으면서 "지식의 사유욕"에 사로잡혀 "관념의 야적"이나 일삼던 지난날의 사색을 돌아보게 되었다. 관념의 유희와 같던 생각이 마음과 감정이 불러일으키는 모든 것을 헤아리는 사색으로 바뀌었던 것이다.

참고 문헌

001　Keller, H. (1967). Helen Keller: Her Socialist Years (p.55). International Publishers.

002　Arendt, H. (1978). The Life of Mind (p.13). New York: Harcourt Brace Jovanovich. (국내 출간명 『정신의 삶』)

003　출처 불명.

004　Reynolds, J. (1809). The Works of Sir Joshua Reynolds (p.78). London: T. Cadell and W. Davies.

005　Poincaré, H. (1992). La Science et l'Hypothèse (p.10). Paris: Éditions de la Bohème. (Oeuvre originale publié 1902). (국내 출간명 『과학과 가설』)

006　Lippmann, W. (1915). The Stakes of Diplomacy (p.51). New York: Henry Holt and Company.

007　"The American Scholar". (1837). 케임브리지에서 열린 파이 베타 카파 모임에서 행한 축사.

008　Tacitus. (1886). Historiarum libri I et II (pp.4-5). Paris: Garnier Frères. (국내 출간명 『타키투스의 역사』)

009　Rand, A. (1957). Atlas Shrugged (p.939). New York: Signet. (국내 출간명 『아틀라스』)

010　Wittgenstein, L. (1998). Culture and Value (Georg Henrik von Wright, Trans.) (p.57). London: Wiley-Blackwell. (Original work published 1970). (국내 출간명 『문화와 가치』)

011　Camus, A. (1958). Caligula (p.47). Paris: Editions Gallimard. (국내 출간 제목 『칼리굴라』)

012　Beckett, S. (1952). En attendant Godot (p.58). Paris: Les Éditions de Minuit. (국내 출간명 『고도를 기다리며』)

013　Vonnegut, K. (1973). Breakfast of Champions (p.61). Delacorte Press. (국내 출간명 『챔피온들의 아침식사』)

014　Levi, P. (1996). Survival in Auschwitz (Stuart Woolf, Trans.) (p.37). New York: Simon & Schuster. (Original work published 1958). (국내 출간명 『이것이 인간인가』)

015   김구. (2005). 쉽게 읽는 백범 일지 (도진순 엮어 옮김) (p.316). 서울:
       돌베개.

016   Gramsci, A. (1992). Selections from the Prison Notebooks
       of Antonio Gramsci (Quintin Hoare and Geoffrey Nowell
       Smith, Eds. and Trans.) (p.347). New York: International
       Publishers. (Original work published 1948-1951).

017   Plato. (1997). Sophist, Plato: Complete Works (John
       M. Cooper, Eds and Trans.) (p.288). Cambridge, USA:
       Hackett Publishing Company. (국내 출간명 『소피스트』)

018   Empedocles. (1908). The Fragments of Empedocles
       (William E. Leonard, Trans.) (p.49). Chicago: The Open
       Court Publishing Company.

019   Aristotle. (1935). The Metaphysics Books X-XIV (G. Cyril
       Armstrong, Trans.) (p.151). Cambridge, Massachusetts:
       Harvard University Press. (국내 출간명 『형이상학』)

020   Pascal, B. (1962). Pensées (Louis Lafuma, Texte établi)
       (p.109). Paris: Éditions du Seuil. (Oeuvre originale publié
       1670). (국내 출간명 『팡세』)

021   Descartes, R. (1969). Discours de la Méthode (p.65). Paris:
       Librairie Larousse. (Oeuvre originale publié 1637). (국내
       출간명 『방법서설』)

022   Kundera, M. (1991) Immortality (Peter Kussi, Trans.) (p.225).
       London: Faber and Faber. (Original work published 1988).
       (국내 출간명 『불멸』)

023   Letter to Anne, Countess of Ossory. (16 August 1776).

024   Shakespeare, W. (1963). The Tragedy of King Richard the
       Second (p.142). New York: Signet Classics. (Original work
       published 1595). (국내 출간명 『리처드 2세』)

025   Plath, S. (1975). Letters Home - Correspondence 1950-
       1963 (p.lv). London: Faber and Faber Ltd.

026 Camus, A. (1942). Le Mythe de Sisyphe (p.17). Paris: Les Editions Gallimard. (국내 출간명 『시지프 신화』)

027 Poincaré, H. (1908). La Valeur de la Science (p.276). Paris: Ernest Flammarion, Éditeur. (국내 출간명 『과학의 가치』)

028 Gibran, K. (1923). On Children. The Prophet (p.21). New York: Alfred A. Knopf. (국내 출간명 『예언자』)

029 Diderot, D. (1875). Le Neveu de Rameau (p.2). Paris: Librairie des Bibliophiles.

030 박경리. (2013). 일본산고 (112쪽). 서울: 마로니에 북스.

031 Lamb, C. (July 1822). Detached Thoughts on Books and Reading. London Magazine 6. 33.

032 Aristophanes. (1907). Frogs (line 1058). Aristophanis Comoediae, Vol 2. e typographeo Clarendoniano. (국내 출간명 『개구리』)

033 Tyutchev, F. (2015). The Penguin Book of Russian Poetry (p.105). (Robert Chandler, Boris Dralyuk, et al. Eds.). Penguin Classics. (Original work published 1830).

034 Hadamard, J. (1945). The Psychology of Invention in the Mathematical Field (p.142). Princeton, USA: Princeton University Press. (국내 출간명 『수학 분야에서의 발명의 심리학』)

035 Voltaire. (2014). Dialogue du Chapon et de la Poularde. Manucius, collection "Littéra". (Oeuvre original publiée 1763).

036 Carroll, L. (1917). Through the looking-glass, and what Alice found there (p.27). Rand McNally & Company. (Original work published 1871). (국내 출간명 『거울 나라의 앨리스』)

037 Gibran, K. (1923). On Talking. The Prophet (p.68). New York: Alfred A. Knopf. (국내 출간명 『예언자』)

038 Shakespeare, W. (1992). Hamlet (p.99). Ware:

Wordsworth Editions. (국내 출간명 『햄릿』)

039   Gracian, B. (1904). The Art of Worldly Wisdom (Joseph Jacobs, Trans.) (p.25). London: Macmillan. (Original published 1647).

040   Saint-Exupéry, A. (1997). Le Petit Prince (p.69). Paris: Gallimard Jeunesse. (Oeuvre originale publiée 1943). (국내 출간명 『어린 왕자』)

041   Carroll, L. (1917). Through the looking-glass, and what Alice found there (p.35). Rand McNally & Company. (Original work published 1871). (국내 출간명 『거울 나라의 앨리스』)

042   "Jordan Peterson debate on the gender pay gap, campus protests and postmodernism", Channel 4 News. (2018. 16 Jan).

043   Orwell, G. (1987). Nineteen Eighty-Four (p.223). London: Penguin Books. (Original work published 1949). (국내 출간명 『1984』)

044   Lehrer, J. (2008). Paul Cézanne: The Process of Sight. Proust was a Neuroscientist (p.97). New York: Mariner Books. (국내 출간명 『프루스트는 신경과학자였다』)

045   Golding, J. (1988). Cubism: A History and an Analysis 1907-1914 (p.51). The Belknap Press of Harvard University Press. (국내 출간명 『큐비즘』)

046   Blake, W. Proverbs of Hell (l 41). The Marriage of Heaven and Hell.

047   Saint-Exupéry, A. (1939). Terre des hommes (p.90). Paris: Gallimard. (국내 출간명 『인간의 대지』)

048   Nietzsche, F. (1968). Maxims and Arrows (R. J. Hollingdale, Trans.) (34). The Twilight of The Idols. Penguin Books. (Original work published 1889). (국내 출간명 『우상의 황혼』)

049   Droit, Roger-Pol. (2016). Comment marchent le

philosophes (p.9). Paris: Editions Paulsen. (국내 출간명
걷기, 철학자의 생각법』)

050 Grenier, J. (1959). Le Chat Moulou. Les Îles (p.38). Paris:
Gallimard. (국내 출간명 『섬』)

051 Piaget, J. (1952). Jean Piaget. In E. G. Boring & G.
Lindzey (Eds.), A History of psychology in autobiography
(Vol. 4, pp. 237–256). Worcester: Clark University Press.

052 Maxim 185, The Moral Sayings of Publius Syrus, a Roman
Slave: from the Latin (1856), Translated by Darius
Lyman, Jun., A. M.

053 Snicket. L. (2006). A Series of Unfortunate Events: The
End; Book 13 (p.163). New York: Harper Collins. (국내 출간명
『레모니 스니켓의 위험한 대결』)

054 Feynman, R. (1999). The Pleasure of Finding Things
Out (p.144). Cambridge: Perseus Publishing. (국내 출간명
『발견하는 즐거움』)

055 Schumacher, E. F. (1977). A Guide for the Perplexed (p.4).
Harper & Row Publishers. (국내 출간명 『당혹한 이들을 위한
안내서』)

056 Wittgenstein, L. (1980). Culture and Value (Heikki
Nyman, Trans.) (p.77e). Chicago: The University of
Chicago Press. (Original work published 1977). (국내
출간명 『문화와 가치』)

057 Evans, B. (1946). The Natural History of Nonsense (p.275).
New York: Alfred A Knopf.

058 Hoffer, E. (1954). The Passionate State of Mind and
Other Aphorisms (p.105). New York: Harper & Row. (국내
출간명 『영혼의 연금술』)

059 Mill, J. S. (1929). On Liberty (p.52). London: Watts & Co..
(국내 출간명 『자유론』)

060 Hemingway, E. (1952). The Old Man and the Sea (p.40).

New York: Charles Scribner's Sons. (국내 출간명 『노인과 바다』)

061   Alain. (1969). Propos sur la religion (p.201). Paris: Les Presses Universitaires de France.

062   Lewis, C. S. (1961). A Grief Observed (p.10). London: Faber and Faber. (국내 출간명 『헤아려 본 슬픔』)

063   Sontag, S. (2003). Regarding the Pain of Others (p.118). New York: Picador. (국내 출간명 『타인의 고통』)

064   Einstein, A. (1979). Autobiographical Notes (p.31). Chicago: Open Court Pub.

065   爲政第二. 論語.

066   함석헌. (2003). 뜻으로 본 한국 역사 (p.29). 서울: 한길사.

067   Hesse, H. (1922). Siddhartha. Eine indische Dichtung (p.64). Berlin: S. Fischer. (국내 출간명 『싯다르타』)

068   Nietzsche, F. (1881). Morgenröte. Gedanken über die moralischen Vorurteile (p.241). Leipzig: Verlag von E. W. Fritzsch. (국내 출간명 『아침놀』)

069   애플컴퓨터에서 사용했던 광고 슬로건. (1997년부터 2002년 사이).

070   Twain, M. (1986). Pudd'nhead Wilson (p.192). Penguin. (Original work published 1894). (국내 출간명 『얼간이 윌슨』)

071   Speech in the US Senate. (27 March 1964).

072   Goethe, J. W. von. (1961). Wilhelm Meisters Wanderjahre: oder Die Entsagenden (p.231). München: Wilhelm Goldmann Verlag. (국내 출간명 『빌헬름 마이스터의 편력시대』)

073   Bernal, J. D. (1962). Ideas About Ideas In Irving J. Good, Alan J. Mayne, John M. Smith (Eds.) (p.15). The Scientist Speculates. London: Heinemann.

074   출처 불명.

075   Herzen, A. (1991). 누구의 죄인가 (박현섭 옮김) (p.236). 서울: 열린책들. (원서 출판 1847).

076   Arendt, H. (1978). The Life of Mind (p.176). New York:

Harcourt Brace Jovanovich. (국내 출간명 『정신의 삶』)

077　United States v. Schwimmer, 279 U.S. 644. (1929).

078　Luxemburg, R. (1967). The Russian Revolution and
　　　Leninism or Marxism (Bertram D. Wolfe, Trans.) (p.69).
　　　Ann Arbor: The University of Michigan. (Original
　　　work published 1918). (국내 출간명 『러시아 혁명 레닌주의냐
　　　마르크스주의냐』)

079　Letters To George & Georgiana Keats. (September
　　　1819).

080　Hesse, H. (1922). Siddhartha. Eine indische Dichtung
　　　(p.42). Berlin: Fischer. (국내 출간명 『싯다르타』)

081　Thoreau, H. D. (1995). Walden (p.7). London: J. M. Dent.
　　　(Original work published 1854). (국내 출간명 『월든』)

082　Goethe, J. W. Von. (1907). Maximen und Reflexionen
　　　(250, Nr.1207). Weimar: Goethe-Gesellschaft.
　　　(Originalarbeit veröffentlicht 1833). (국내 출간명 『잠언과
　　　성찰』)

083　Tyndall, J. (1872). Fragments of Science: A Series of
　　　Detached Essays, Lectures, and Reviews (p.111). London:
　　　Longmans, Green, and Co.

084　Sacks, O. (Aug. 14, 2015). Sabbath. The New York Times.

085　Kant, I. (1922). Kritik der praktischen Vernunft
　　　(p.205). Leipzig: Verlag von F. Meiner. (Originalarbeit
　　　veröffentlicht 1788). (국내 출간명 『실천이성비판』)

086　Daley, A. (1947 June 12). Short Shots in Sundry
　　　Directions. The New York Times.

087　Euripides. (1936). The Alcestis of Euripides (Dudley
　　　Fitts and Robert Fitzgerald, Trans.) (p.59). New York:
　　　Harcourt, Brace and Company. (Original work produced
　　　438 BC). (국내 출간명 『알케스티스』)

088　Alighieri, D. (2013). 단테의 신곡(상) (최민순, 옮김) (p.104). 서울:

가톨릭출판사. (원서출판 1472).

089 정극인. (1470). 상춘곡(賞春曲), 불우헌집(不憂軒集).

090 Tennyson, A. (1958). Ulysses. Poems of Tennyson (p.67). Boston: Houghton Mifflin Company. (Original work published 1833).

091 Shakespeare, W. (1960). The First Part of King Henry IV (p.158). London: Routledge. (Original work published 1597). (국내 출간명 『헨리 4세 1부』)

092 출처 불명.

093 Koris, S. (24 Nov. 1980). Sci-Fi, of Course, but Ray Bradbury's Literary Exploits Go Well Beyond Either Science or Fiction. People Magazine. (vol.14, no.21).

094 Longfellow, H. W. (1882) The Three Silences of Molinos. The Complete Poetical Works of Henry Wadsworth Longfellow (p.320). Boston and New York: Houghton, Mifflin and Company. (Original work published 1877).

095 Whitehead, A. (1958). An Introduction to Mathematics (p.42). New York: Oxford University Press. (국내 출간명 『화이트헤드의 수학이란 무엇인가』)

096 Proust, M. (1925). Tome VII Albertine Disparue (p.227). A La Recherche du Temps Perdu. Paris: Gallimard. (국내 출간명 『잃어버린 시간을 찾아서』)

097 Wordsworth, W. (1884). Ode: Intimations of Immortality from Recollections of Early Childhood (p.40). Boston: D. Lothrop and Company. (국내 출간명 『송가: 어린 시절을 회상하고 얻은 불멸성의 암시』)

098 저자 미상. (2012). 요소의 분석 경 (대림 옮김). 맛지마 니까야 4 (p.499). 초기불전연구원.

099 Sacks, O. (1995). An Anthropologist On Mars (p.296). New York: Alfred A. Knopf. (국내 출간명 『화성의 인류학자』)

100 신영복. (2016). 처음처럼 (p.230). 서울: 돌베개.

생각의 말들
: 삶의 격을 높이는 단단한 사유를 위하여

2020년 7월 14일 초판 1쇄 발행

지은이
장석훈

펴낸이
조성웅

펴낸곳
도서출판 유유

등록
제406 - 2010 - 000032호 (2010년 4월 2일)

주소
경기도 파주시 책향기로 337, 301 - 704 (우편번호 10884)

전화
031 - 957 - 6869

팩스
0303 - 3444 - 4645

홈페이지
uupress.co.kr

전자우편
uupress@gmail.com

페이스북
facebook.com
/uupress

트위터
twitter.com
/uu_press

인스타그램
instagram.com
/uupress

편집
전은재, 이경민

디자인
이기준

마케팅
송세영

제작
제이오

인쇄
(주)민언프린텍

제책
(주)정문바인텍

물류
책과일터

ISBN 979 - 11 - 89683 - 64 - 1 03810

이 도서의 국립중앙도서관 출판시도서목록(CIP)은 서지정보유통지원시스템
홈페이지(seoji.nl.go.kr)와 국가자료공동목록시스템(nl.go.kr/kolisnet)에서
이용하실 수 있습니다.(CIP제어번호: CIP2020026853)